DATE DUE

Demco, Inc. 38-293

LAS AVENTURAS DE TOM SAWYER

MARK TWAIN

Copyright © EDIMAT LIBROS, S. A.
C/ Primavera, 35
Polígono Industrial El Malvar
28500 Arganda del Rey
MADRID-ESPAÑA
www.edimat.es

ISBN colección: 84-9786-261-9
ISBN: 84-9786-266-X
Depósito legal: M-31812-2006

Colección: La punta del iceberg
Título: Las aventuras de Tom Sawyer
Autor: Mark Twain
Diseño de cubierta: El Ojo del Huracán
Impreso en: COFÁS

Capítulo Primero

—¡Tom!

No hubo respuesta.

—¡Tom!

El mismo silencio.

La anciana miró primero por encima de los lentes y luego por debajo de ellos. Nunca miraba a través de ellos, ya que eran su orgullo y los reservaba para las grandes ocasiones. Estaba perpleja, y dijo en tono suave, pero lo suficientemente alto como para que le oyeran los muebles:

—Está bien... Pero ya verás cuando te pesque.

No dijo más, pero se puso a dar golpes con la escoba debajo de la cama. Lo único que consiguió fue hacer salir al gato.

—Jamás vi nada igual que este chico.

Fue a la puerta y examinó las plantas de tomate y las hierbas salvajes del jardín. Por ningún lado se veía a Tom. Tomó aliento y gritó:

—¡Toooom!

Oyó un ligero ruido tras de sí y se volvió a tiempo para agarrar a un chico por la punta de la chaqueta antes de que huyera.

—¡Claro! ¿Cómo no se me ocurrió mirar en la despensa? ¿Qué hacías ahí?

—Nada.

—¿Y esas manos? ¿Y esa boca? ¿Qué es eso pegajoso que tienes en ella?

—No lo sé, tía.

—¡Yo te lo diré! Es dulce. Te he dicho que no toques el dulce, porque de lo contrario te daría una buena tunda. Dame esa vara.

La cosa se presentaba mal.

—¡Tía! ¡Mira lo que tienes detrás!

La anciana se dio la vuelta, asustada. En el mismo instante el chico salió corriendo y desapareció tras la valla de tablas. La anciana se quedó asombrada. Luego se echó a reír.

—¡Demonio de chico! ¡Nunca terminaré de aprender sus tretas! Las viejas somos más tontas... Hay que ver la cantidad de veces que me ha hecho caer en la misma trampa. El muy sinvergüenza sabe que si me hace reír se acabó el castigo. Es el mismo diablo. Pero, ¿qué hacerle? Es el hijo de mi difunta hermana y no tengo fuerzas para castigarlo. Sé que hago mal, pero cada vez que le castigo se me retuerce el corazón. Ya sé, ya sé que es duro obligarle a trabajar los sábados, cuando todos los chicos andan por ahí jugando. Pero estoy segura de que hoy no irá al colegio y mañana tendré que castigarlo.

Tom no fue a la escuela, efectivamente. Volvió a casa a tiempo de ayudar al negrito Jim a aserrar la leña, o al menos llegó a tiempo de contar sus aventuras a Jim mientras éste trabajaba. Sid, el hermanastro menor de Tom, ya había terminado su tarea de recoger leña, pues era pacífico y poco aficionado a las aventuras. La tía intentó saber si Tom había ido a la escuela, empleando lo que ella llamaba diplomacia privada.

—¿Hacía mucho calor en la escuela, Tom?

—Sí, señora.

—Y... ¿no sentías deseos de ir al río a bañarte?

Tom comenzó a sentir ciertas sospechas.

—No, no muchas tía.

La tía le tocó la camisa. Estaba seca. Pero Tom ya sabía de qué lado soplaba el viento.

—Algunos chicos nos echamos agua sobre la cabeza. Mira, aún la tengo mojada.

—Y dime, Tom, para mojarte la cabeza, ¿no tuviste que descoser el cuello de la camisa por donde yo te lo cosí? ¡Desabróchate la chaqueta inmediatamente!

Tom lo hizo, tranquilamente. El cuello estaba bien cosido.

—Diablo de chico. Estaba segura de que no habías ido al colegio y que te habías ido a bañar al río. Pero por esta vez parece que me he equivocado.

En ese momento Sid intervino.

—Mire, tía, me parece que el cuello estaba cosido antes con hilo blanco y ahora es negro.

—Pues... ¡es cierto! ¡Tom!

Pero el chico no había esperado. Desde la puerta gritó a su hermano que ya le pagaría aquello. Una vez en lugar seguro sacó dos agujas que llevaba clavadas bajo la solapa. Una de ellas llevaba un hilo blanco y la otra negro.

—De no ser por ese chivato de Sid no lo hubiera descubierto. Ya me las pagará.

Pero dos minutos después había olvidado sus preocupaciones, sustituidas por tratar de silbar como le había enseñado un negro. Consistía en ciertas variaciones de trinos de pájaros. Cuando hubo dominado el nuevo arte, echó a andar calle abajo.

Todavía no había anochecido. De pronto Tom descubrió frente a él a un chico desconocido. Un muchacho que no sería un dedo más alto que él.

Un recién llegado era algo emocionante en un lugar como San Petersburgo. Por otra parte el chico iba bien vestido, aunque no era fiesta. Un hermoso sombrero, una chaqueta azul y pantalones bien cortados. Llevaba zapatos, y hasta lucía corbata. Por todas partes se veía en él a la ciudad, y esto le sentó a Tom como un insulto.

Durante unos instantes ninguno de los dos habló. Finalmente Tom dijo:

—Soy más fuerte que tú.

—Haz la prueba —respondió el otro.

—Si quiero la haré.

—¿A que no?

—¡A que sí!

Siguió una pausa. Luego Tom preguntó:

—¿Cómo te llamas?

—No te importa.

—Pues no te atreves.

—Si sigues hablando verás si me atrevo o no.

—Con una mano te puedo dar una buena paliza.

—Pues inténtalo.

—Tú y tu sombrero. ¡Bah!

—Atrévete a tocarme el sombrero.

—¿A que te aplasto la cabeza de una pedrada?

—¿A que no?

—Lo que pasa es que tienes miedo.

Luego comenzaron a empujarse con los hombros.

—Vete —dijo Tom.

—Vete tú.

—No me da la gana.

Y continuaron así, apoyado cada uno en una piedra y empujando con el hombro, al tiempo que se lanzaban terribles miradas. Ninguno de los dos sacaba ventaja al otro. Por fin, rojos, cesaron de forcejear. Tom dijo:

—Eres un miedoso. Mi hermano mayor puede deshacerte con un solo dedo.

—Pues yo tengo uno mayor que el tuyo y si lo agarra lo tira por encima de la cerca.

Inútil decir que ambos hermanos eran completamente imaginarios.

Tom trazó con el pie una raya en el suelo.

—Si cruzas esta raya te dejo molido.

El otro la cruzó al instante.

—Por dos centavos —advirtió Tom—, te doy una paliza.

El otro le alargó una moneda.

Tom la tiró contra el suelo y luego se precipitó sobre el otro. Al instante rodaron por tierra, agarrados como gatos, tirándose de los pelos y dándose puñetazos. Por último Tom quedó montado sobre el otro.

—¿Te das por vencido?

El desconocido movió la cabeza. Lloraba de rabia. Tom le siguió pegando y preguntándole si se daba por vencido. Por último el otro murmuró un «me doy por vencido».

Tom le dejó libre.

—Esto es para que aprendas.

El otro se marchó, intentando limpiarse las ropas y amenazando a Tom, que le volvió la espalda para al instante recibir en ella una pedrada. El desconocido echó a correr y Tom le persiguió hasta su casa. Allí estuvo lanzándole amenazas, mientras el vencido se contentaba con sacarle la lengua tras los vidrios de las ventanas.

Poco después apareció la madre del desconocido y llamó a Tom mal educado, sinvergüenza y ordinario. Tom se retiró.

Era muy tarde cuando llegó a casa. Con toda cautela se encaramó a la ventana... para caer en una trampa preparada por su tía. Ésta, al ver el estado de su ropa, se afirmó en su decisión: el sábado quedaría castigado sin jugar.

La mañana del sábado apareció fresca y luminosa. Las acacias en flor perfumaban el ambiente y todo el mundo parecía contento y satisfecho.

Tom apareció en la calle con un balde de lechada de cal y una brocha atada a una pértiga. Al mirar al sol, perdió toda su alegría. ¡Treinta metros de valla de dos metros y medio de altura! La vida era un asco. Con un suspiro mojó la brocha en la lechada de cal y la pasó por un tablón. Contempló el trabajo y pensó en todo el que le quedaba. ¡Era desesperante!

Jim salió de la casa silbando, y con un cubo en la mano. Llevar agua desde la fuente siempre le había parecido a Tom una faena aborrecible, pero ahora no. En la fuente siempre había compañía y se tardaba cerca de una hora en llenar el cubo aunque la fuente sólo estuviera a ciento cincuenta metros.

—Jim, yo iré por el agua si tú pintas un poco de cerca.

Jim se negó:

—No puedo, amo Tom. El ama me dijo que tenía que ser yo quien trajese el agua, y no el amo Tom, aunque éste me lo pidiera. El ama me pegará si le dejo.

—Pero si ella no pega nunca a nadie. Sólo con el dedal y eso no duele. Si haces lo que te pido te regalaré una canica blanca.

Jim comenzó a vacilar.

—Blanca, Jim, una canica blanca.

La tentación era demasiado fuerte. Dejó el balde y tomó la canica...

... y un instante más tarde iba corriendo calle abajo con el balde en la mano y un violento escozor en las posaderas. Tom pintaba con furia y tía Polly se alejaba vencedora del campo de batalla con una zapatilla en la mano.

Pero la alegría de Tom duró poco. Se imaginaba todas las cosas que se podían hacer en un día como aquél, y sus penas aumentaban y hacían que le pesara la brocha.

Sacó sus tesoros de los bolsillos. Juguetes rotos y objetos heterogéneos, que no tentarían a nadie. Pero de pronto, una súbita inspiración le vino a la mente.

Tomó la brocha y se puso a trabajar con ardor. En ese momento apareció Ben Rogers, cuyas burlas temía más que las de nadie. Ben llegaba saltando de alegría, lanzando alaridos y diciendo «tilín tilín» porque imitaba a uno de los barcos que recorren el Mississipi. Se aproximó lentamente al lugar en que estaba Tom.

El cual continuó su tarea como si no lo hubiera visto. Ben se le quedó mirando y luego dijo:

—Je, je, parece que estamos pagando algo, ¿eh?

Tom no se molestó en contestarle. Con ojo entrecerrado, miraba su obra. Daba un breve brochazo y volvía a contemplarla críticamente.

Ben atracó a su costado.

—Conque trabajando, ¿eh?

—Ah, eres tú. No te había visto. ¿A qué llamas trabajar?

—A eso que estás haciendo.

—Bueno, tal vez lo sea, tal vez no. Lo único que sé es que me gusta —y continuó dando brochazos artísticos.

La cosa adquiría ahora un nuevo cariz. Ben dejó de reírse. Veía a Tom dar algún que otro brochazo y juzgar su obra. Ben se sintió intranquilo.

—Oye, Tom, déjame dar unos brochazos.

Tom lo pensó:

—No, no puede ser. Mi tía Polly es muy exigente con este cercado. Si fuera el trasero no importaría, pero éste hay que saber hacerlo. Y hay poca gente que lo sepa hacer bien.

—Bueno, déjame probar un poco. Sólo un poco. Si yo fuera tú te dejaría dar un poco.

—Quisiera dejarte, Ben, pero mi tía Polly... Mira, Jim quiso también pintar y mi tía no le dejó.

—Palabra que lo haré bien, Tom, déjame probar un poco.

—Imposible, Ben.

—Te doy una manzana.

A desgana, Tom le dejó la brocha y, mientras el vapor del Mississipi pintaba, se sentó en una barrica, a la sombra, comiendo la manzana y balanceando las piernas.

No faltaron nuevos inocentes. Llegaban dispuestos a reírse, acababan por solicitar un brochazo y por último pintaban. Cuando Ben se cansó, su turno lo ocupó Bill Fischer, y luego Johnny Miller adquirió el derecho por una rata muerta con una cuerda para hacerla girar. Así siguió hora tras hora, y cuando llegó la tarde, Tom que había comenzado en la miseria, nadaba ahora en la abundancia.

Doce canicas, una corneta, un pedazo de botella para mirar las cosas a través de él, un collar de perro... Y no había dado golpe en todo el día.

El cerco tenía tres manos de cal e incluso una franja en el suelo. El mundo no era tan malo, pensaba Tom. Acababa de descubrir uno de los principios fundamentales de la conducta humana, a saber, que para conseguir que alguien anhele algo sólo es preciso hacérselo difícil de conseguir.

Cuando Tom apareció ante su tía, la anciana, sentada en su mecedora, lo miró por encima de los lentes.

—Tía, ¿puedo ir a jugar?

—¿Ya? ¿Cuánto has pintado?

—Todo, tía Polly.

—No me mientas, Tom, no lo resistiría.

—Digo la verdad, tía. Todo está terminado.

La anciana confiaba tan poco en Tom, que salió para comprobarlo personalmente. Cuando vio el trabajo apenas podía dar crédito a sus ojos.

—Alabado sea el Señor —dijo—. Cuando quieres sabes trabajar, aunque quieras pocas veces. Bien, vete a jugar, pero vuelve pronto o te daré una buena paliza.

Se sentía tan contenta que fue a la despensa y eligió la mejor manzana para dársela. Mientras lo hacía, Tom le robó unas roscas.

Después se fue, pero al ver a su hermano Sid que subía por la parte posterior de la escalera, comenzó a lanzarle terrones de tierra, y antes de que su tía acudiera en su ayuda, ya Sid había recibido varios impactos y Tom había saltado el cerco y desaparecido.

Se dirigió rápidamente hacia la plaza del pueblo donde dos batallones de muchachos se habían reunido para librar una batalla, ya convenida anteriormente. Tom era el jefe de uno de los bandos y Joe Harper, uno de sus mejores amigos, el jefe del otro. Los dos caudillos no descendían a pelear, sino que, cómodamente sentados, dirigían las operaciones por medio de sus ayudantes de campo. El grupo de Tom triunfó tras reñida lucha, se contaron los muertos, se canjearon los prisioneros y se decidió cuándo tendría lugar el próximo combate.

Cuando Tom volvía a su casa, pasó junto a la de Jeff Thatcher y vio en el jardín una chiquilla desconocida para él. Una hermosa niña de ojos azules, pelo rubio peinado en dos largas trenzas, delantal blanco y pantalones con puntillas. El héroe cayó sin disparar un solo tiro. Cierta Amy Lawrence se disipó de su corazón sin dejar recuerdo, pese a que había creído estar locamente enamorado de ella, y una semana hacía que ella le había aceptado. Pero ahora la arrojó de sus pensamientos sin un solo suspiro.

Adoró a la nueva con furtivas miradas, y comenzó a hacer tonterías para llamar su atención, pero ella pareció no notar nada. Por el contrario, se dirigió a su casa y puso el pie en el umbral. Tom se sentía desesperado, pero la niña arrojó una flor por encima del cerco antes de desaparecer.

Tom dobló la esquina y se acercó adonde había caído la flor. Pero por si acaso alguien estaba mirando, se llevó la mano a los ojos en forma de visera, como si hubiera divisado algo interesante. Tomó una paja del suelo y trató de mantenerla en alto con un dedo sin que se cayera. Finalmente puso el pie encima de la flor, la agarró con dedos ágiles y se fue con ella. Cuando pensó que nadie le veía, recogió la flor y se la puso en el ojal.

La niña no volvió a aparecer, y Tom se consoló pensando en que quizá ella le había visto recoger la flor desde alguna ventana.

Durante la cena se mostró inquieto y alborotado, tanto que alarmó a la tía Polly. Aguantó la riña por el ataque a Sid y recibió un buen cucharetazo en la mano al tratar de robar un terrón de azúcar.

—Cuando Sid lo hace no le pegas —protestó.

—Porque se porta mejor que tú. Si no vigilase nos dejarías sin azúcar a todos.

Tan pronto como la tía se dirigió hacia la cocina, Sid, triunfante, alargó la mano para tomar un terrón, pero el azucarero cayó al suelo. Tom decidió no decir nada para, cuando llegase la tía, observar el castigo a su hermano, pero no le dio tiempo. Una robusta mano lo lanzó al suelo de un mamporro.

—Pero, tía, si no he sido yo, sino Sid.

—Bueno —dijo ella sorprendida—. Pero de todas maneras no te vendrá mal el golpe. Sin duda habrás hecho alguna otra trastada mientras yo estaba fuera.

Tom, agraviado, se echó en un rincón. Muy bien, ya vería tía Polly si a él le ocurría algo. Lloraría, si lo viera, por ejemplo, ahogado en el río. ¡Cómo se lamentaría por las veces que había sido injusta con él! Tanto se emocionó al pensar en esta escena que a él mismo se le saltaron las lágrimas.

Cuando llegó su prima Mary, muy contenta de estar de nuevo en casa después de una semana entera en el campo, Tom se levantó y salió silenciosamente. Se sentía tan triste que buscó lugares solitarios, propicios a su estado de ánimo. Sentose en la ribera del río, pensando en que le gustaría ahogarse, en efecto, solo que sin necesidad de pasar por el trance de tener que meterse en el río y dejar de respirar.

Entonces se acordó de la flor. La sacó y la contempló pensando si la forastera también se compadecería de él si se muriera. La imaginó sollozando ante su cuerpo frío y eso le produjo una tan placentera sensación que se repitió en su mente la escena varias veces.

Finalmente se levantó y se dirigió hacia la casa donde la había visto. Desde lejos contempló las ventanas. Una vela proyectaba un resplandor en una de las ventanas del piso superior. ¿Estaría ella allí?

Saltó el cerco y se acercó a la casa, bajo la ventana. Allí se tendió en el suelo con las manos cruzadas sobre el pecho en la actitud que sin duda tendría de haber muerto ahogado o como fuera, pero muerto. ¿Acaso si ella se asomase derramaría alguna lágrima por el pobre ser muerto en plena juventud?

Se abrió una ventana, y el tranquilo silencio de la noche fue roto por la voz áspera de una sirvienta, al tiempo que un chorro de agua dejó empapado al mártir tendido en tierra.

Casi ahogado, se irguió de un salto. Se oyó el zumbido de una piedra y el chasquido de cristales rotos y una pequeña figura se alejó rápidamente en medio de la noche.

Un rato después, cuando Tom se quitaba sus ropas empapadas, Sid se despertó, pero si abrigaba la idea de decir algo, lo pensó mejor y quedó silencioso, pues en los ojos de Tom se podía leer un brillo sumamente amenazador.

Se acostó sin rezar, lo cual Sid anotó «in mente» con todo cuidado.

Capítulo II

El sol surgió sobre un mundo tranquilo y sobre el tranquilo pueblecito. Terminado el desayuno, tía Polly se reunió con la familia para las prácticas religiosas, que se iniciaron con una plegaria adobada con sólidas citas bíblicas.

Tom se dispuso a trabajar para aprender sus versículos. Sid se los sabía ya desde dos días antes. Tom se concentró para aprender cinco y eligió el sermón de la Montaña, porque no pudo encontrar otros que fueran más cortos.

Media hora después tenía una vaga idea de la lección, porque la verdad es que su mente revoloteaba por otras esferas más terrenas y sus manos estaban ocupadas en otras tareas...

Mary le pidió el libro para tomarle la lección y él trató de caminar en medio de la niebla que le borraba lo que había leído.

—Bienaventurados los... los...

—Pobres...

—Bienaventurados los pobres de...

—De espíritu.

—Sí, de espíritu. Bienaventurados los pobres de espíritu, porque de ellos, de ellos... Bienaventurados los que lloran, porque ellos... ellos...

—Reci...

—Recib... ¡no sé como sigue, Mary!

—Recibirán...

—Ah, sí, porque ellos recibirán... lo que recibirán... porque llorarán...

—¡Tom! No lo hago para hacerte rabiar, pero tienes que estudiarlo de nuevo. No te apures, ya verás como con un poco de paciencia logras aprenderlo. Si lo sabes bien te daré algo muy bonito.

—Dime lo que me darás, Mary.

—No te lo diré, pero ya sabes que cuando prometo algo lo cumplo.

—Bueno, lo intentaré de nuevo.

Y estudió, bajo la doble presión de la curiosidad y de la prometida recompensa. Y como cuando quería lo conseguía, recibió como regalo un flamante cortaplumas que no valdría menos de doce centavos y medio. Se llenó de alegría. Cierto que el cortaplumas no cortaba apenas, pero era tan bonito... Tom consiguió hacer algunos cortes en el aparador y se disponía a hacer otros en la mesa cuando lo llamaron para asistir a la escuela dominical.

Mary le alcanzó una jarra con agua y un trozo de jabón. Con ellos salió al patio y los dejó sobre un banco. Se arremangó y vertió el agua en el suelo. Luego regresó a la cocina restregándose vigorosamente con la toalla.

Pero Mary no era tonta. Le quitó la toalla y le dijo que debería darle vergüenza y que no había que temerle tanto al agua.

Se llenó de nuevo la jarra y esta vez Tom se inclinó sobre ella, aspiró profundamente y se decidió. Cuando volvió a la cocina para buscar la toalla, un honroso testimonio de agua y burbujas de jabón le corría por la cara. Sólo que la parte lim-

pia terminaba en la barbilla, sin ir más allá. Mary, lo tomó por fin por su cuenta y cuando terminó con él era otro chico. El cabello cuidadosamente mojado y peinado y los cortos rizos bien ordenados. Mary sacó del ropero el traje de los domingos, le abrochó bien y le colocó en la cabeza el sombrero de paja. Quedaba muy bien, pero atrozmente incómodo. Tenía la vaga esperanza de que Mary se olvidase de los zapatos, pero ella se los presentó, bien untados de sebo.

Tom se los calzó, gruñendo. Mary se vistió y los tres salieron para la escuela dominical, lugar que Tom odiaba con todas sus fuerzas, pero que a Mary y a Sid les gustaba.

Las clases eran de nueve a diez y media y luego comenzaban los oficios religiosos. Dos de los tres niños se quedaban siempre voluntariamente al sermón, y el otro lo hacía por motivos más prácticos. Al llegar a la puerta de la iglesia, Tom abordó a su amigo Bill, igualmente endomingado.

—Dime, Bill, ¿tienes un bono amarillo?

—Sí.

—¿Qué pides por él?

—¿Qué das tú?

—Un pedazo de regaliz y un anzuelo.

—Veamos.

Tom se los mostró y el otro los aceptó. Luego cambió tres canicas por otros tantos bonos rojos y otras cosas por bonos azules. Durante un rato continuó comprando bonos de distintos colores.

Por fin entró en la escuela con varios chicos y chicas, limpios y ruidosos. Se colocó en su silla y pronto inició una pelea con el primer muchacho que encontró. El maestro, hombre grave y ya mayor, intervino, pero apenas volvió la cabeza cuando ya Tom se había enzarzado con otro muchacho.

Cuando llegó el momento de dar las lecciones, ninguno de ellos las sabían bien.

Pese a todo fueron saliendo del paso como pudieron y a cada uno se le recompensaba con bonos azules en los que estaban impresos versículos de las Sagradas Escrituras. Cada bono azul era el precio de recitar dos versículos, diez vales azules equivalían a uno rojo y podían canjearse por uno de éstos. Diez rojos equivalían a un amarillo y por diez amarillos el intendente regalaba una biblia modestamente encuadernada.

Mary, por ejemplo, había ganado dos así, pero le costó dos años y un chico hijo de alemanes había conquistado cuatro o cinco, ya que una vez recitó tres mil versículos sin parar, pero sus facultades mentales no pudieron resistir el esfuerzo y desde entonces quedó medio idiota.

Por tal motivo, la entrega de uno de esos premios resultaba un acontecimiento. El alumno premiado era el héroe del día. Por fin, el intendente pidió silencio. El señor Walters era sincero y cordial y consideraba todas las cosas religiosas con reverencia nunca desmentida. Comenzó:

—Queridos niños. Quiero que me escuchéis con atención durante un par de minutos. Muy bien, así. Tengo que deciros las alegría que me causa ver tantos infantiles rostros limpios, reunidos en este lugar y pensando en hacer cosas buenas y agradables al Señor.

Mientras, los chicos peleaban entre sí, se tiraban de los pelos, se daban patadas por debajo de los bancos.

Pero de pronto hubo un silencio, y no por las palabras del señor Walters, sino porque habían entrado unos visitantes nuevos hasta ahora. Se trataba del abogado Thatcher al que acompañaba un anciano, orgulloso caballero de grises cabellos y una señora muy seria, su esposa sin duda. La señora llevaba una niña de la mano.

Tom hasta ese momento, y presa de ciertos remordimientos, no se había atrevido a cambiar ni siquiera una mirada con Amy Lawrence, pero cuando vio a la recién llegada, se sintió inundado por la dicha. Instantes después estaba tratando de hacerse notar. Golpes a los otros chicos, contorsiones y muecas... Empleando en suma todas sus artes de seducción.

No obstante, el recuerdo de la escena de la noche anterior en el jardín acudía a veces a su mente y lo llenaba de vergüenza y humillación.

Los visitantes fueron colocados en los sitios de honor y cuando el señor Walters terminó su discurso, los presentó a la escuela en pleno. El señor de cabellos grises resultó ser todo un personaje: nada menos que el juez del condado. Había venido desde Constantinopla, a doce millas de distancia, lo cual quería decir que había viajado y visto mundo. Todos demostraron su respeto con un admirado silencio. ¡Nada menos que el juez, el hermano del abogado del pueblo!

Todo el mundo se movilizó. El señor Walters empleaba su más engolada voz, las instructoras se inclinaban amablemente sobre los escolares, a quienes acababan de tirar de las orejas minutos antes, y los instructores repartían órdenes y regañinas. Las niñas presumían y los niños también, sólo que a su modo, el cual consistía en llenar el aire con bolitas de papel mascado. Mientras, el gran hombre permanecía sentado, irradiando una majestuosa sonrisa judicial, y calentándose al sol de su propia grandeza. Únicamente algo faltaba en la alegría del señor Walters: ninguno de los estudiantes tenía los suficientes bonos amarillos como para hacerse merecedor de una Biblia, lo cual hubiera sido un orgullo para la escuela. El señor Walters había hecho algunas averiguaciones y sabía que no había candidato alguno a tal honor.

Y entonces, cuando ya parecía haberse perdido la esperanza, Tom Sawyer se adelantó con aire grave y con nueve bonos amarillos, nueve rojos y diez azules, y pidió una Biblia. El señor Walters sintió como si le hubiera caído un rayo encima. No esperaba tal cosa de Tom ni en los próximos diez años. Pero no había nada que hacer. Allí estaban los bonos y allí estaba Tom, y los bonos eran moneda legal.

Tom subió pues al estrado que ocupaban el juez y los demás invitados y desde allí se proclamó la asombrosa noticia. Todos los chicos estaban verdes de envidia, sobre todo aquellos que ahora veían cómo habían contribuido a esta apoteosis al ceder sus bonos a cambio incluso de un permiso para pintar la cerca. Se sentían víctimas de una estafa.

El premio fue entregado por el intendente, el cual por supuesto tenía sus razonables dudas de que allí existía un misterio que tal vez no podría resistir la luz. Resultaba absurdo pensar que aquel chico tenía almacenados en su cabeza dos mil citas de sabiduría bíblica, cuando incluso una docena hubiera sido demasiado para él.

Amy estaba muy orgullosa y trató de hacérselo notar a Tom por medio de miradas, pero sin conseguir que el chico se las devolviera. No adivinaba el motivo, pero pronto tuvo una sospecha. Vigiló con más atención hasta que consiguió captar una ojeada de Tom a la nieta del juez.

El corazón se le encogió y sintió que odiaba a Tom y al resto del mundo.

El chico fue presentado al juez. Respiraba con dificultad y le latía fuertemente el corazón, en parte por la imponente grandeza del hombre y en parte por ser el abuelo de «ella». Si hubieran estado a oscuras hubiera sido capaz de arrodillarse ante él y adorarlo. El juez le acarició la cabeza, le aseguró que era un chico de provecho y le preguntó su nombre.

Tartamudeó, abrió la boca...

—Tom...

—No, Tom, no.

—Thomas.

—Pero, ¿y tu apellido?

—Di tu apellido —le ordenó el señor Walters—. Y además, di «señor».

—Thomas Sawyer, señor.

—¡Muy bien! Buen chico. Serás un hombre de provecho. Y nunca te arrepentirás de haber aprendido tantos versículos, ya que el saber es el mayor don que podemos tener. Eso es lo que hace grandes a los hombres. Y ahora, ¿querrás decirnos a esta señora y a mí algo de lo que sabes? Por ejemplo, ¿sabes los nombres de los doce discípulos de nuestro señor Jesucristo? ¿Quieres decirnos los nombres de los dos primeros que fueron elegidos?

Tom tiraba de un botón de su chaqueta. Se ruborizó, bajó los ojos. El señor Walters comenzó a sudar, pero se obligó a sí mismo a intervenir:

—Thomas, responde al señor. No tengas temor.

Tom permanecía en silencio.

—Me lo dirá a mí —respondió la señora—. Los dos primeros discípulos fueron...

—¡David y Goliat!

¡Ejem! Creo que será preferible dejar caer un velo sobre el final de la escena.

* * *

Los habitantes del pueblo comenzaron a acudir a la pequeña iglesia para escuchar el sermón matinal, respondiendo a la llamada de la campana.

Los alumnos de la escuela dominical se esparcieron por la iglesia, sentándose junto a sus padres. Llegaron tía Polly y Tom, Sid y Mary se sentaron junto a ella. Tom se colocó junto a la nave para estar lo más lejos posible de la ventana y de las seductoras perspectivas campestres que por ella se divisaban.

Pronto entró la viuda Douglas, buena moza, elegante y cuarentona, generosa y de buen corazón, cuya casa en el monte era lo más parecido a un palacio que había en el pueblo, y donde ella daba algunas fiestas. También entraron el comandante Ward y su esposa, el abogado Riverson, nueva notabilidad del pueblo...

Por último, detrás de todos ellos, el niño modelo, Willie Mufferson, acompañado por su madre que lo cuidaba con tanto cariño como si fuera un cristal de Bohemia.

Willie iba siempre con su madre y era el encanto de las señoras. Todos los chicos lo odiaban, por tanto, ya que a cada uno de ellos se lo habían puesto como ejemplo muchas veces.

Sonó la campana para animar a los rezagados, el pastor indicó el himno que se iba a cantar y él mismo comenzó. Tenía una voz de tono medio que se iba elevando hasta que de pronto caía como desde un trampolín. Todas las señoras lo admiraban profundamente y siempre le pedían que leyese algún salmo y cantase un himno.

Tras el cántico, comenzó a leer los anuncios, avisos de reuniones, etc. Aquello parecía que iba a alargarse hasta el día del juicio final, a juicio de Tom y de los demás chicos.

Luego el pastor rezó una plegaria detallada y generosa. Pidió por la iglesia, por los hijos de la iglesia, por las otras iglesias, por el pueblo, por el condado, por el Estado, por los funcionarios del Estado, por los Estados Unidos...

Al «amén», se produjo un movimiento general de faldas y levitas y todo el mundo se sentó.

Tom soportaba aquello con un forzado silencio. Hacia la mitad del rezo, una mosca se posó en el respaldo del banco que estaba delante de él, y le torturó limpiándose la cara con las patitas, restregando las alas y amoldándolas al cuerpo como si fueran los faldones de una levita. Tom sentía un irresistible deseo de atraparla, pero no se atrevía. Pero al llegar la última frase, adelantó la mano con precaución y en el mismo instante del «amén» la mosca quedó convertida en prisionero de guerra. Desgraciadamente la tía Polly notó su gesto y le obligó a soltarla.

Cuando el sermón siguió su curso, recordó que tenía en el bolsillo un tesoro y lo sacó. Se trataba de un escarabajo de grandes mandíbulas, un «pellizcador», como lo llamaban y que estaba encerrado en una caja. Tan pronto como lo soltó, el escarabajo le mordió en un dedo y Tom lo lanzó lejos, quedando en medio del pasillo, panza arriba.

En ese instante, un perro vagabundo penetró en la iglesia, buscando algo de fresco, ya que fuera hacía un calor infernal. Vio al escarabajo y examinó la presa. La olfateó, dio una vuelta alrededor y luego le tiró un mordisco sin acertar el blanco. Luego lo sujetó entre las patas y se quedó quieto, medio tendido en el suelo. El escarabajo aprovechó la ocasión y le agarró por el sensible morro. Hubo un aullido escalofriante, una violenta sacudida de la cabeza por parte del perro, y el escarabajo aterrizó de nuevo otra vez de espaldas.

Los espectadores se agitaron y varios rostros se ocultaron tras los abanicos para ocultar una sonrisa o una risa. Tom estaba en la gloria.

El perro, ansioso de venganza, atacó a su enemigo, tirándole algunas tarascadas que no lograron acabar con él. Por último, el perro, cansado, dio dos o tres vueltas.

Capítulo III

Las mañanas de los lunes siempre afligían a Tom porque eran el comienzo de una semana de sufrimientos en la escuela. Ojalá estuviera enfermo. Pasó revista a su organismo y le pareció sorprender dentro de sí algunos síntomas de cólico. Los alentó, pero poco a poco fueron desapareciendo. Luego comprobó que se le movía un diente, y ya se preparaba a dar la señal de alarma en la casa, cuando pensó que su tía Polly se lo arrancaría de un sopapo. Luego recordó que había oído hablar al doctor de cierto paciente que tuvo algo en un pie, y que estuvo a punto de perder un dedo. Valía la pena probar.

Comenzó a sollozar, primero bajito y luego más fuerte, pero Sid, que dormía con él, no se despertó. Sollozó más fuerte aún y... nada. Por último lo llamó varias veces y el método dio resultado. Sid bostezó, se desperezó y lo miró. Tom tenía la cara encarnada a fuerza de provocarse los sollozos.

—¿Qué te pasa, Tom? —preguntó. Su hermano no respondió.

—¿Qué te ocurre? ¿No me oyes?

Sin respuesta.

—Voy a llamar a tía Polly.

—No, no la llames, quizá se me pase.

—Tengo que hacerlo. Me das miedo. ¿Hace mucho que estás así?

—Horas enteras. No me muevas, Sid, por favor, porque podría morirme.

—Pero, ¿por qué no me lo dijiste antes? ¿Qué es lo que te pasa?

—Te perdono todo, Sid —un nuevo quejido—, te perdono todo lo que me has hecho. Cuando me muera...

—¡Tom! ¡No te vas a morir! ¿Verdad que no?

Tom volvió a quejarse.

—Sid, le darás mi falleba a esa niña nueva que ha llegado al pueblo, y le dirás que...

Pero Sid se había ido ya. La voluntad de Tom trabajaba tan bien que ahora realmente sufría y sus gemidos resultaban muy realistas.

Sid bajó la escalera corriendo y llamando a su tía:

—¡Tía! ¡Tom se está muriendo!

—Pero, ¿qué dices?

—Sí, tía, palabra. ¡Apúrate!

—Tonterías, no lo creo, será alguna de sus mañas...

Pero subió las escaleras corriendo, seguida por Sid y por Mary. Cuando llegó junto al lecho, jadeante, dijo:

—Tom, ¿qué te ocurre?

—¡Tía, estoy muy mal!

—Pero, ¿qué tienes?

—¡Tengo el dedo del pie irritado!

La buena mujer se dejó caer en una silla, rió un poco y lloró otro poco.

—¡Basta de tonterías, Tom, y levántate en seguida!

Los gemidos cesaron y el dolor desapareció.

—Tía, me parecía que estabas enojada conmigo y eso me hacía sufrir tanto que no me importaba lo del diente.

—Pero, ¿qué diente? ¿Ahora un diente?

—Se me mueve.

—Pero por eso no te vas a morir. Mary, trae un cordel y un carbón encendido.

Tom dio un salto en el aire.

—¡No, no, si ya no me duele! Lo que ocurre es que no quería ir al colegio...

Pero de nada le sirvió, porque los instrumentos de cirugía ya estaban preparados. Su tía le ató el cordel al diente con un nudo corredizo y ató el otro extremo del cordel a la pata de la cama. Tomó el tizón encendido con las tenazas y lo acercó a la cara del muchacho. El diente quedó colgado del bramante.

Todos los males tienen alguna cosa buena. Camino de la escuela, Tom descubrió que podía escupir de una manera nueva debido a la mella del diente, y pronto fue el centro de atracción de todos, desplazando a un chico que se había cortado un dedo y que hasta entonces había sido el héroe de la jornada.

Tom se reunió con el paria de la escuela, un muchacho llamado Huckleberry Finn, el hijo del borracho del pueblo. Huckleberry era aborrecido y temido por todas las madres, ya que era haragán, desobediente y ordinario, y porque todos los chicos lo admiraban precisamente por ello.

Tom mismo había recibido órdenes de no jugar con él, pero inútil es decir que lo hacía en cuanto podía. Huckleberry aparecía siempre vestido con andrajos de personas mayores, lleno de jirones, de flecos y colgajos. El sombrero tenía sólo media ala y cuando llevaba chaqueta, ésta le llegaba hasta los tobillos. Llevaba los pantalones sujetos con un solo tirante y le estaban tan largos que los arrastraba por el suelo. Dormía en las barracas vacías y siempre hacía su santa voluntad, sin sujetarse a reglas ni disciplinas.

En una palabra, todo lo que hace agradable la vida lo tenía Huckleberry, o al menos era lo que pensaban los demás chicos.

—Hola, Huck.

—Hola. Mira lo que tengo: un gato muerto.

—¡Qué duro está! ¿Cómo lo conseguiste?

—Lo cambié por una vejiga de vaca y un bono azul.

—Oye, Huck, y los gatos muertos, ¿sirven para algo?

—Por supuesto que sí. Para curar las verrugas.

—¡No me digas! ¡Yo sé algo mejor!

—¿El qué?

—¡Agua del pantano!

—No daría yo ni tanto así por el agua del pantano. Bob Tanner hizo la prueba y no consiguió nada. Así me lo dijo.

—Porque no lo haría bien. ¿Lo hizo mirando al tronco?

—Sí.

—Bueno, pues no basta. Hay que ir solo al medio del bosque, donde haya un tronco podrido con agua dentro y decir: «Tomates, lechugas, agua estancada, líbrame de las verrugas». Pero, tú, Huck, ¿cómo curas las verrugas con el gato muerto?

—Pues te vas al cementerio a media noche, con el gato, claro, y vas hasta el sitio en que hayan enterrado a alguien muy malo. Al dar las doce vendrá un diablo a llevárselo, y cuando se esté llevando al muerto, le tiras el gato y dices:

«Diablo, sigue al muerto; gato, sigue al diablo; verruga, sigue al gato». Y ya está.

—¿Hiciste tú la prueba Huck?

—No, pero me lo dijo la tía Hopkins, la bruja.

—Entonces debe ser cierto.

—¡Claro! Ella fue la que embrujó a mi padre. Ella misma lo dice. Un día venía caminando y se dio cuenta de que ella lo estaba embrujando. Tomó una piedra y se la tiró, si la acierta la mata. Pero esa misma noche se cayó de un cobertizo donde estaba durmiendo la·curda y se rompió un brazo.

—¿Y cómo sabía tu padre que lo estaba embrujando?

—Porque lo miraba fijamente y murmuraba. Y cuando cuchichean es porque están diciendo el padre nuestro al revés.

—Y ¿cuándo vas a hacer la prueba con ese gato, Huck?

—Esta noche. Estoy seguro que esta noche vendrán los diablos a llevarse a Hoss Williams.

—Pero si lo enterraron el sábado... ¿No se lo habrán llevado ya los diablos?

—No, hombre. ¿No ves que sólo tiene poder a la media noche y para entonces era ya domingo? Los diablos no salen los domingos.

—Así será, Huck. ¿Me dejarás que vaya contigo?

—Si no tienes miedo...

—¡Miedo yo...! Bueno, ¿maullarás?

—Sí, y tú me responderás con otro maullido. No como la otra vez, que estuve maullando hasta que el tío Hays me tiró piedras creyendo que era un gato.

—No, no, esta noche maullaré. Lo que pasa es que la otra vez mi tía Polly me estaba vigilando. Oye, Huck, ¿qué tienes ahí?

—Una garrapata. Y vale mucho, porque es la primera.

—Te la cambio.

—¿Por qué cosa?

—Pues... por un diente...

—A verlo.

Tom le enseñó el diente y poco después el trueque estaba hecho. Tom colocó al animal dentro de la caja que había contenido al escarabajo y por último llegó a la escuela. Entró con aire muy atareado y se iba a dirigir a su puesto, cuando el maestro, que dormitaba en la tarima, abrió un ojo.

—¡Thomas Sawyer! Ven aquí. ¿Por qué has llegado tarde?

Tom estaba a punto de soltar la primera mentira que le pasara por las mientes, cuando se dio cuenta de que en los pupitres de las niñas había una plaza vacía. Y la de al lado estaba ocupada por dos trenzas rubias que reconoció al momento.

Así que respondió:

—Estuve hablando con Huckleberry Finn.

El pulso del maestro dejó de latir. Miraba fijamente al infractor. En la clase se hizo un silencio ominoso.

—¿Qué... qué has dicho que estuviste haciendo?

—Hablando con Huckleberry Finn —respondió Tom con el mismo aplomo.

—Thomas Sawyer, ésta es la más asombrosa confesión que he oído en mi vida. Quítate la chaqueta.

El maestro le pegó hasta cansarse. Luego añadió:

—Y ahora te sentarás con las niñas. Y que esto te sirva de escarmiento.

La clase estalló en risas, y Tom, fingiendo confusión, se dirigió al asiento vacío. Se sentó en la punta del banco, tembloroso al sentirse tan cerca de su ídolo. Pero la niña se apartó al instante, como si se avergonzase de tenerlo cerca. Los chicos se codeaban unos a otros y se guiñaban el ojo. Tom permanecía inmóvil, hasta que poco a poco la atención fue desviándose de él.

Luego comenzó a dirigir furtivas miradas a la niña, pero ésta le volvió la espalda. Cuando volvió de nuevo la cara, había un melocotón ante ella. Lo apartó con la mano, pero Tom volvió a colocarlo suavemente en el mismo lugar. Ella lo rechazó de nuevo, aunque con menos hostilidad. Tom, pacientemente, insistió. Ella lo dejó esta vez en su sitio.

Tom escribió en su pizarra: «Puedes guardarlo, tengo otro».

La niña miró lo escrito, pero permaneció impasible. Entonces Tom comenzó a dibujar en su pizarra, tapando lo que hacía con la mano izquierda. Durante unos minutos la niña no quiso darse por aludida, pero finalmente la curiosidad la venció y trató de mirar el dibujo. Tom continuó tapándolo con la mano.

Finalmente ella dijo en voz baja.

—¿Me dejas que lo vea?

Tom le dejó ver una caricatura de una casa, con un hilo de humo saliendo por la chimenea. La niña se interesó en la obra de arte. Cuando estuvo terminada, dijo:

—Es muy bonita. Dibuja un hombre.

El artista colocó junto a la casa un hombre que parecía una grúa y que podría haber pasado por encima del edificio fácilmente, pero la chiquilla no era un crítico demasiado severo.

—Es muy bonito. Ahora dibújame a mí llegando.

Tom dibujó un reloj de arena con una luna llena encima y dos palillos asomando por debajo.

—¡Qué bien! ¡Ojalá yo supiera dibujar como tú!

—Es fácil —repuso Tom—. Yo te puedo enseñar.

—¿Cuándo?

—A medio día. ¿Tienes que ir a comer a tu casa?

—Si quieres puedo quedarme.

—Muy bien. ¿Cómo te llamas?

—Becky Thatcher. Y tú eres Tom Sawyer.

—Así me llaman cuando me castigan, pero tu puedes llamarme Tom.

—Bueno.

Tom se puso a escribir algo en la pizarra, que ocultó a su nueva amiga. Pero ésta ya había perdido la timidez, y le pidió que se lo dejara ver.

—Bah, no es nada.

—Sí, sí, algo es.

—No vale la pena que lo veas. No, porque luego lo contarás a los demás.

—Palabra que no. Déjame verlo.

—¿No lo dirás en la vida? ¿Jamás?

—No, déjame verlo.

Tom fingió resistencia todavía un poco, pero luego apartó la mano y quedaron al descubierto las siguientes palabras: «Te amo».

—¡Eres malo! —y le dio un golpe en la mano, pero se ruborizó y pareció satisfecha, a pesar de todo.

Y en ese preciso instante el muchacho sintió un torniquete brutal en una oreja. Un torniquete que al mismo tiempo lo levantaba en vilo. Y en esa forma fue llevado hasta que el maestro lo dejó caer en su propio banco. Luego, el profesor quedó cerniéndose sobre él como una sombra amenazadora, hasta que por último regresó a la tarima. A Tom le dolía la oreja, pero al mismo tiempo estaba lleno de felicidad.

Una vez que se calmó el tumulto, Tom trató de seguir la lección, pero le fue absolutamente imposible. En geografía convirtió los lagos en montañas y las montañas en ríos. En caligrafía cometió tantas faltas que le rebajaron la nota que hasta entonces había tenido, pasó a ocupar el último lugar en la clase y perdió la medalla que había ostentado durante unos días. Pero todo lo daba por bien empleado.

Le parecía que la hora de salir no llegaba nunca. En el somnoliento aire caliginoso, los alumnos desgranaban sus conocimientos penosamente. Tom sintió deseos de aligerar la pesadez de la mañana y, sacando la cajita de su bolsillo, liberó a la garrapata, la cual emprendió la marcha sobre el pupitre, pero Tom le interrumpió el viaje con un alfiler una y otra vez. Junto a él, su mejor amigo, Joe Harper, que también se aburría, sacó también un alfiler y colaboró para adiestrar a la garrapata, hasta que comprendieron que se estorbaban mutuamente. Tom puso su pizarra sobre el pupitre y trazó una línea por medio.

—Mientras esté en tu campo, la diriges tú, y cuando pase al mío, yo.

Durante un buen rato mantuvieron el pacto, pero Tom estaba tan excitado que en una ocasión en que la garrapata pataleaba en terreno de Joe intentó hacerla pasar al suyo con el alfiler.

Joe se indignó.

—¡Déjala! ¡Está en mi campo!

—Sólo la tocaré un poquito.

—¡No, señor! Está en mi campo. Cuando pase al tuyo podrás hacer lo que quieras, pero mientras tanto...

—¿De quién es la garrapata, Joe?

—No me interesa. Está en mi lado y no tienes que tocarla.

—¡Es mía y la tocaré todo cuanto me dé la gana!

Un tremendo golpe cayó sobre las costillas de Tom y otro sobre las de Joe. Absortos en su juego no habían advertido el silencio que se hizo en la clase cuando los demás alumnos vieron cómo el maestro se iba acercando de puntillas. El profesor había estado mirando lo que hacían durante un rato hasta que decidió interrumpirlo con la vara.

Por último terminó la pesada clase. Tom se acercó a Becky Thatcher y le dijo en voz baja:

—Ponte el sombrero y di que vas a tu casa, pero cuando llegues a la esquina con las otras chicas, te escabulles, das la vuelta por la callejuela y vuelves. Yo haré lo mismo por el otro lado.

Y así lo hicieron. Una vez de vuelta en el colegio, se sentaron juntos con la pizarra delante y Tom le fue guiando la mano para enseñarle a dibujar. Entre los dos crearon algunos cuadros que hubieran sorprendido al profesor.

Cansados, Tom preguntó que si le gustaban las ratas.

—No, me dan miedo.

—Y a mí, pero ésta no está viva sino muerta.

—No, no me gustan las ratas, Tom. A mí me gusta mascar chicle.

—Y a mí. ¡Ojalá tuviera un poco!

—Yo tengo y te lo prestaré, pero tienes que devolvérmelo.

Masticaron por turno un rato.

—¿Estuviste alguna vez en un circo? —preguntó Tom.

—Sí, y papá me llevará otra vez si me porto bien.

—Yo he ido tres o cuatro veces. Y cuando sea mayor seré payaso.

—¿De veras? ¡Me encantan los payasos!

—Oye, Becky, ¿tienes novio?

—No, tonto, claro que no.

—Y, ¿te gustaría tenerlo?

—Pues, no sé, Tom, creo que sí. ¿Cómo es?

—Pues es algo distinto a todo lo demás. Únicamente tienes que decir a un chico que no vas a querer a nadie más que a él y entonces te besan y ya está.

—¿Y para qué hay que besarse?

—Pues... siempre se hace así, cuando dos son novios. ¿Recuerdas lo que escribí en la pizarra?

—Sí.

—Pues repítelo.

—No quiero. Por lo menos ahora.

—Tiene que ser ahora, Becky.

—No, mañana a lo mejor sí, ahora no.

—Dilo ahora, Becky, y yo también te lo diré al oído muy bajito.

La chica vaciló y Tom la tomó por la cintura y murmuró la frase con la boca pegada al oído de Becky.

—Ahora me lo dices tú al oído como he hecho yo.

Ella lo pensó y por último dijo que lo haría si él miraba hacia otro lado y si además no se lo decía a nadie, lo cual prometió Tom inmediatamente, y volvió la cara. Ella se inclinó con timidez y murmuró:

—Te amo.

Y salió corriendo entre los bancos, perseguida por Tom, hasta que se refugió en el fondo, tapándose la cara con el delantal blanco. Tom le pasó el brazo por el cuello.

—Ahora ya está todo, Becky... menos el beso.

Y trató de retirarle las manos, hasta que lo consiguió. Ella cerró los ojos, con el rostro encendido, y se sometió a la prueba. Tom la besó y dijo:

—Ahora ya no puedes ser la novia de ningún otro, ni casarte con nadie que no sea yo. ¿Quieres?

—Sí, pero tú tampoco te casarás con ninguna otra.

—¡Lo prometo! Y cuando vengas a la escuela o cuando te vayas a casa yo tengo que acompañarte, cuando nadie nos vea.

—Nunca había oído eso.

—Así es como hacen los novios y es muy divertido. Si vieras lo que nos hemos divertido Amy Lawrence y yo...

En los grandes ojos azules Tom leyó que había metido la pata, y se detuvo confuso.

—Entonces... ¡ya has tenido novia!

Y Becky estalló en sollozos.

—No llores, Becky —dijo él—. Amy ya no me importa nada.

Y trató de abrazarla, pero ella lo rechazó y volvió la cara a la pared para seguir llorando. Tom hizo otro intento y por último, ofendido, salió de la escuela, mirando hacia atrás para ver si ella se arrepentía y salía, pero no sucedió nada parecido. Finalmente pensó que debía ceder y entró en la escuela de nuevo.

Becky estaba en el rincón, llorando aún.

—Becky, no quiero a nadie más que a ti, palabra.

Sollozos.

Tom sacó su más preciado tesoro del bolsillo, la cabeza de un morillo de latón, y se lo ofreció. Ella lo arrojó al suelo.

Entonces Tom salió de la escuela y se alejó hacia las colinas, dispuesto a no volver al colegio ese día. Becky, sospechando que había sido demasiado dura, salió y lo llamó, pero ya no se le veía por parte alguna.

—¡Vuelve, Tom!

No obtuvo respuesta. Desolada, se sentó a llorar de nuevo. Ya los escolares comenzaban a volver y se vio obligada a ocultar su dolor, pues no tenía amiga alguna a quien confiar sus primeras penas de amor.

Capítulo IV

Tom caminó sin rumbo hasta apartarse del camino que seguían sus compañeros para volver a la escuela. Pasó por la mansión de la viuda de Douglas y se internó en el monte, en un bosque muy tupido. El aire era muy caliente y hasta los pájaros callaban. No había la menor brisa.

El muchacho se sentía invadido por la melancolía. Durante un rato permaneció sentado en el tocón de un árbol. Le parecía que la vida no merecía vivirse y pensó que sería muy agradable morirse por unos cuantos días. En cuanto a Becky, ¿qué había hecho él? Nada. Y ella en cambio lo había tratado como a un perro. Si se muriese, ¡cómo le iba a llorar ella!

Pero a sus años las penas no duran mucho y otras preocupaciones vinieron a llenar su mente. ¿Y si se marchase para siempre? A otros países desconocidos, salvajes y libres. Ya se había olvidado de que quería ser payaso. No, sería mucho mejor convertirse en un gran cazador de bisontes y volver después convertido en un gran jefe con su tocado de plumas y la cara pintarrajeada. Ya se veía a sí mismo penetrando en la iglesia entre la admiración de todos.

Pero había algo mejor aún: ser un pirata, un tremendo y horrible pirata. Hendir los mares con su barco, la bandera negra con la calavera ondeando al viento, ¡eso sí que sería maravilloso! Y volvería al pueblo con toda su fama, curtido por los vientos y los soles, con grandes botas hasta las rodillas y el machete teñido de sangre al cinto. Todo el mundo diría:

—¡Es Tom Sawyer, el pirata! ¡El terrible vengador de la América Hispana!

Ya estaba resuelto su destino. Huiría de casa para lanzarse a la aventura, y para ello nada mejor que comenzar a reunir sus riquezas. Avanzó hasta un tronco caído y comenzó a escarbar debajo de uno de sus extremos con el cortaplumas que Mary le regalara. Pronto tocó madera que sonaba a hueco y colocando la mano sobre ella lanzó el conjuro:

—Que venga lo que no está aquí. Lo que esté aquí, que se quede.

Separó la tierra y apareció una pequeña cavidad. En ella no había más que una canica. Se rascó la cabeza y quedó meditando. Acababa de fallar una superstición que tanto él como sus amigos habían tenido siempre por infalible. Si uno encerraba una bolita con ciertos conjuros y la dejaba dos semanas, se encontraría allí con todas las que había perdido en su vida. Pero algo había fallado. Finalmente llegó a la conclusión de que algunas brujas se habían entremetido en el asunto.

Buscó un montoncito de arena con un agujero en medio y acercando la boca a él dijo: «Chinche, holgazana, dime lo que quiero saber».

La arena se removió y apareció la pequeña chinche negra, pero enseguida volvió a ocultarse.

—Evidentemente, cuando no se atreve a decirlo es porque hay una bruja mezclada en el asunto.

Lanzó una bolita hacia el bosque mientras decía:

—Hermana, busca a tu hermana.

Fue hacia el lugar en que había caído y repitió el experimento un par de veces más con otra canica. Por fin vio a las dos juntas. Parecía que los conjuros iban recobrando su fuerza.

Tom se quitó la chaqueta y los pantalones, convirtió su cinto en tirador, y de unos matorrales, tras el tronco caído, sacó un arco, una flecha y una espada de madera. Luego, con los faldones de la camisa revoloteando a su alrededor, corrió. Al cabo de un momento se encontró bajo un corpulento olmo, tocó su corneta y gritó:

—¡Cuidado, valientes míos! Seguid ocultos hasta que yo os avise!

En ese instante surgió Joe Harper, vestido de una manera parecida a la suya. Tom grito:

—¡Alto! ¿Quién se atreve a penetrar en la selva de Sherwood sin mi autorización?

—¡Guy de Gisborne no necesita autorización de nadie! ¿Quién es el que...?

—¿Quién se atreve a hablarme de esa manera? —le apuntó Tom, puesto que ambos hablaban de memoria por «el libro»—. ¡Soy yo, Robin Hood, como pronto lo sabrás al precio de tu vida!

—¿Sois entonces el famoso bandolero? ¡Me agradará disputar con vos los pasos de mi bosque! ¡Defendeos!

Chasquearon las espadas de madera, se pusieron en guardia y comenzaron un furioso combate. Finalmente Tom dijo:

—¡Si sabéis manejar la espada, apuraos!

Se apuraron, jadeantes y sudorosos. Finalmente Tom dijo con voz normal:

—¿Por qué no caes?

—Porque no me da la gana. ¿Por qué no caes tú? Eres el que lleva la peor parte.

—Eso no vale. No puedo caer yo. El libro dice: «Entonces, con una traicionera estocada, mató al pobre Guy de Gisborne». Tienes que darte la vuelta y dejar que te golpee por la espalda.

Con el libro no se discute. Joe dio media vuelta y recibió la traicionera estocada. Cayó a tierra. Luego dijo:

—Ahora tienes que dejarme que te mate a ti. Si no, no vale.

—En el libro no dice eso.

—Entonces es una trampa.

—Veamos —pensó Tom—. Puedes ser Tuck o Much, el hijo del molinero, y romperme una pierna con el palo; o yo seré el sheriff de Nottingham y tú serás Robin Hood durante un rato y así podrás matarme.

La propuesta era aceptable y por tanto las aventuras fueron representadas convenientemente. Luego Tom volvió a ser Robin Hood y, por obra de la monja traidora que le destapó la herida, exhaló el último suspiro.

Joe, representando a un montón de bandoleros llorosos, le puso el arco en sus manos yertas y dijo:

—Allí donde caiga esta flecha, que entierren a Robin Hood bajo el verde bosque.

Soltó la flecha, cayó de espaldas y hubiera muerto, pero al caer sobre unas ortigas tuvo que levantarse de un salto, aullando y olvidando que era un cadáver.

Por último se vistieron, ocultaron sus armas y echaron a andar hacia el pueblo. La aventura había terminado por ese día.

* * *

Como siempre, esa noche Tom y Sid fueron enviados a dormir a las nueve y media.

Rezaron sus oraciones y Sid se quedó dormido casi instantáneamente. Tom, en cambio, permaneció despierto, revolviéndose intranquilo. Cuando ya pensaba que debía ser cerca de la madrugada, el reloj dio las diez. ¡Era para desesperarse!

De la habitación de tía Polly salía un ronquido discreto. Las maderas crujían... los espíritus debían estar haciendo de las suyas. En la lejanía resonó el aullido de un perro contestado por otro.

El tiempo parecía haber dejado de correr. A pesar suyo comenzó a dormitar, cuando vagamente llegó hasta él el maullido de un gato.

Una ventana se abrió, una voz gritó: «¡Maldito gato!» y el estallido de una botella rompiéndose contra el almacén de la leña acabaron de despertarle.

En menos de un minuto estaba vestido, salía por la ventana y gateaba por el tejado, al tiempo que maullaba tres veces, no muy alto.

Huckleberry lo estaba esperando con el gato muerto. Los dos chicos se pusieron en marcha y poco después llegaban al cementerio.

Era un cementerio como muchos en el Oeste. Emplazado sobre una colina, a milla y media del pueblo y cercado por una vieja valla de tablones, que en algunos lugares estaba derrumbada. En el recinto crecían hierbas y matorrales.

Una suave brisa corría entre los árboles y Tom pensó que deberían ser los espíritus de los muertos que se quejaban porque les molestaba la presencia de los chicos. Los dos visitantes hablaban poco y muy bajito, porque la hora y el lugar les oprimían el corazón desagradablemente. Encontraron el montón de tierra reciente, junto a tres olmos que crecían muy juntos.

Esperaron en silencio un tiempo que les pareció interminable. El único ruido que rompía el silencio era el ulular de una lechuza. Las reflexiones de Tom se iban haciendo fúnebres. Había que decir algo para alejar el miedo.

—Huck, ¿crees que a los muertos les gustará que estemos aquí?

—¡Ojalá lo supiera! Esto impone, ¿eh?

—Huck, ¿tú crees que Hoss Williams nos oye hablar?

—Pues claro que sí. Su espíritu nos oye, por lo menos.

—Debería haber dicho «el señor Williams», pero no tuve mala intención. Todo el mundo lo llamaba Hoss...

—Hay que tener mucho cuidado cuando se habla de los muertos, Tom.

La conversación languideció. De repente, Tom agarró del brazo a su compañero.

—¡Chist!

—¿Qué ocurre, Tom?

Y ambos, muertos de miedo, se abrazaron el uno al otro.

—¡Otra vez! ¿No oyes?

—Yo...

—¿Oyes ahora?

—¡Dios mío, vienen! ¿Qué hacemos, Tom?

—No lo sé. ¿Crees que nos verán?

—¡Ellos ven en la oscuridad! ¡Igual que los gatos! ¿Por qué habremos venido?

—No tengas miedo. Nosotros no hacemos nada malo. Si nos quedamos quietos es posible que ni noten que estamos aquí.

—Estoy temblando, Tom.

—¡Escucha!

Escucharon, casi sin respirar. Desde el otro extremo del cementerio llegaba un apagado rumor de voces.

—¡Allí, mira, Tom! ¿Qué es eso?

—Un fuego fatuo. ¡Tengo miedo!

Unas figuras indecisas se aproximaban entre las sombras moviendo una linterna que llenaba el suelo con manchitas de luz. Huck dijo que le parecía que eran diablos y que le parecía que había llegado su última hora.

—¿Sabes rezar, Huck?

—Un poco, Tom. «Recibe Señor a tu lado...»

—¡Chist!

—¿Qué pasa?

—Son personas, por lo menos uno de ellos tiene la voz de Muff Potter.

—¡No es posible!

—La conozco muy bien. No te muevas. Es tan bruto que no nos verá. Estará borracho, como siempre.

—No sé... parece que no saben adónde ir. Vuelven para acá. Y me parece reconocer otra de las voces. Es la... es la del indio Joe.

—¡Tienes razón, es la de ese mestizo asesino! ¡Mejor fuera el diablo que no él! ¿Qué estarán haciendo aquí?

De pronto cesaron los cuchicheos, porque tres hombres habían llegado frente a la sepultura, deteniéndose a pocos pasos del lugar en que estaban los dos muchachos.

—Es aquí —dijo una voz; y su dueño levantó la linterna, dejando ver el rostro del joven doctor Robinson.

Potter y el indio Joe llevaban unas angarillas y en ellas una cuerda y dos palos. Dejaron la carga en tierra y comenzaron a abrir la sepultura. El médico colocó la linterna a la cabecera y vino a recostarse en uno de los olmos. Estaba tan cerca que los dos chicos podrían haberle tocado.

—Pronto, pronto —decía el doctor—. Pronto, que saldrá la luna enseguida.

Los dos hombres contestaron con un gruñido, sin dejar de cavar. Durante unos minutos sólo se oyó el rumor de las palas al arrojar a un lado montones de barro y piedras.

Por fin una de las palas tropezó contra el ataúd y los dos hombres lo extrajeron. Forzaron la tapa. La luna salió en ese momento, iluminando el pálido semblante del cadáver. Prepararon las angarillas y depositaron en ellas el cuerpo, cubierto con una manta y asegurándolo con cuerdas. Potter sacó un cuchillo y cortó un pedazo de la cuerda y luego dijo al doctor que ya estaba hecha la faena.

—Y ahora mismo nos entrega lo convenido o ahí queda eso.

—¿Qué diablos quiere decir? Ustedes me pidieron el pago por adelantado y les pagué. ¿Qué más quieren?

—Algo más —dijo Joe aproximándose al doctor—. Hace cinco años me arrojó usted de su cocina una noche en que fui a pedirle algo de comer. Yo juré que me las pagaría. Y su padre me hizo detener otra vez por vagabundo. ¿Cree que lo he olvidado? Ahora está usted en mi poder y vamos a saldar la cuenta.

Le amenazaba con el puño cerrado, pero el doctor Robinson le dio tal puñetazo que lo derribó a tierra.

Potter se lanzó sobre el doctor y un momento después los dos luchaban ferozmente. Joe se irguió del suelo, tomó el cuchillo de Potter y comenzó a dar vueltas alrededor de los combatientes, esperando una oportunidad.

Robinson pudo librarse de su antagonista, agarró un grueso tablón clavado a la cabecera de la tumba de Williams y golpeó con él a Potter, dejándole tendido en el suelo. El mestizo aprovechó el momento y hundió el cuchillo hasta el mango en el pecho del médico. Éste cayó a tierra sobre Potter, inundándolo de sangre.

Las nubes taparon la luna y el horrible espectáculo. Los dos chicos, aterrados, salieron huyendo. Joe *el Indio* miró al médico. Éste dio una boqueada, balbuceó algo y quedó inmóvil.

—La cuenta ha quedado saldada —dijo Joe.

Luego registró al muerto, le quitó todo lo que llevaba en los bolsillos, colocó el cuchillo en la mano de Potter y se sentó sobre el ataúd roto. Pasaron unos minutos y Potter se incorporó. Cerró la mano sobre el cuchillo, lo levantó y miró a su alrededor. Empujó al cadáver al hacerlo y se lo quedó mirando fijamente.

—Dios mío, Joe, ¿qué ha ocurrido?

—El asunto es grave —respondió Joe—. ¿Por qué lo hiciste?

—¿Yo? ¡Yo no lo hice, Joe!

—¿Cómo? ¿Es que vas a negarlo ahora?

Potter se puso a temblar.

—Pero estaba borracho... No recuerdo nada, no sé lo que hice. Palabra, Joe, ¿Es que lo hice yo? No tenía esa intención, te lo juro.

—Estabais peleando y él te golpeó con un tablón. Caíste al suelo, te levantaste otra vez, tomaste el cuchillo y se lo clavaste en el pecho. Luego te caíste y estuviste ahí como muerto. Pues claro que estarías borracho.

—¡No sabía lo que hacía, Joe! Todo ha sido obra del whisky. Nunca usé un arma contra nadie. Joe, no dirás nada a nadie, ¿verdad? Júramelo... yo siempre he sido tu amigo, siempre te defendí... Joe, por amor de Dios...

Cayó de rodillas, ante el miserable asesino, con las manos juntas.

—Sí, siempre te has portado bien conmigo, Potter. Puedes estar tranquilo, no diré nada.

—Joe, Joe, eres un buen amigo.

—Deja ya de lloriquear. Tú vete por un lado y yo me iré por el otro. Y no dejes rastros.

Potter salió corriendo. El mestizo lo siguió con la mirada, mientras murmuraba:

—No se acordará del cuchillo ese idiota y luego no querrá venir a buscarlo.

Transcurridos unos instantes, sólo quedaba en el cementerio el cuerpo del doctor asesinado, el cadáver del ahorcado envuelto en una manta, el ataúd abierto y la sepultura.

Nuevamente reinaron la quietud y el silencio.

Capítulo V

Mudos de terror, ambos chicos corrían a toda velocidad en dirección al pueblo. De vez en cuando volvían la cabeza, pues estaban seguros de que les perseguían. Cada árbol les parecía un hombre e incluso el ladrido de los perros les ponía alas en los pies.

—¡Si logramos llegar a la fábrica de curtidos antes de que ya no podamos más...! —jadeó Tom. Huck ni siquiera le respondió. Finalmente ambos llegaron, se metieron por la puerta abierta y cayeron extenuados entre las sombras protectoras del interior:

—Huck, ¿en qué va a terminar todo esto?

—Si el doctor está muerto, alguien irá a la horca —fue la respuesta.

—Pero, ¿quién lo contará? ¿Nosotros?

—¿Estás loco, Tom? Suponte que ocurre algo y no ahorcan a Joe: entonces nos matará a nosotros, seguro como hay Dios.

—Lo mismo estaba pensando yo, Huck.

—Si alguien tiene que decirlo, que sea Muff Potter, porque es lo bastante bestia como para hacerlo, y además siempre está borracho.

Tom meditaba. No respondió al momento.

—Huck —dijo por último—, Potter no lo sabe.

—¿Qué quieres decir con eso de que no lo sabe?

—Porque había recibido un golpe y estaba atontado cuando Joe mató al doctor. No pudo ver nada.

—Tienes razón. ¡No había pensado en eso!

—Y además, es posible que también esté muerto. El doctor le dio un buen golpe con el tablón.

—No, eso no. Estaba borracho cuando recibió el golpe y yo sé lo que es eso. Cuando mi viejo se emborracha, ya le puedes dar en la cabeza con el campanario de la iglesia, que no le pasa nada.

Luego de otro silencio. Tom dijo:

—Huck, ¿palabra que no hablarás?

—No nos queda más remedio que callar, lo sabes muy bien. A ese maldito mestizo no le importaría nada matarnos como si fuéramos dos gatos vagabundos. Mira, Tom, debemos jurarlo, eso es lo que debemos hacer: jurar que no diremos nada.

—Me parece bien, Huck, es lo mejor que podemos hacer. Dame la mano y jura...

—No, así no tiene valor. Eso tiene que ser por escrito y con sangre.

Nada podía ser más del gusto de Tom. Resultaba misterioso, sombrío y trágico. Incluso el lugar no podía ser más apropiado.

Levantó una tablilla del suelo y, alumbrado por la luz de la luna, sacó un lápiz del bolsillo y garabateó con gran dificultad las siguientes líneas en una tablilla:

«Huck Finn y Tom Sawyer juran que no dirán nada de esto y que si dicen algo caigan muertos allí mismo».

Huck sacó un alfiler de la solapa y ya se disponía a pincharse, cuando Tom lo detuvo.

—No hagas eso —le dijo—. Los alfileres son de cobre y pueden producir una infección. Veneno. Muy peligroso.

Cada uno de ellos se pinchó la yema del pulgar con una aguja y apretando bien consiguieron extraerse una gota de sangre. A fuerza de pinchazos y tiempo, consiguió Tom firmar con sus iniciales, utilizando la yema del dedo como pluma. Luego enseñó a Huck a hacer una «H» y una «F», y el juramento quedó completo. Enterraron la tablilla junto a la pared, con algunos conjuros que se inventaron sobre la marcha, y consideraron terminada su obra.

Una sombra pasó furtiva a través de una brecha en el otro extremo del edificio, pero los chicos no la vieron.

—Tom, ¿con esto ya no habrá peligro de que hablemos?

—No, claro que no, suceda lo que suceda. Caeríamos muertos en el sitio.

Continuaron hablando en voz baja. Un perro aulló largamente, y ellos se abrazaron, muertos de miedo.

—¿Por cuál de los dos será?

—No sé. Mira por la rendija, Huck, pronto.

—No, mira tú.

—No puedo.

—Tom, está aullando de nuevo otra vez y conozco ese aullido. Es el del perro de Bull Harbison.

El perro repitió de nuevo su lamentable aullido.

—¡Dios nos asista! —dijo Huck—. Pues no es el perro de Bull Harbison. ¡Mira, Tom!

Tom, temblando de miedo, aplicó el ojo a la rendija. Apenas se oía su voz cuando dijo:

—Sí, Huck, es un perro sin dueño.

—¿Por cuál de los dos aullará? Porque por alguno tiene que ser.

—Por los dos, ya que estamos juntos.

—Espera un poco, nos está dando la espalda.

Huck miró y dio un salto de alegría.

—¿Es cierto? ¿Antes estaba así?

—Sí, pero yo no lo había notado. ¡Qué suerte, Huck! Y ahora, ¿por quién será entonces?

Otro ruido vino a mezclarse al aullido del perro. Prestaron atención.

—Parece un cerdo.

—No, es alguien que ronca. Mi padre solía dormir a veces con los cerdos, pero él ronca de una manera que levanta las cosas del suelo. Además, creo que nunca volverá por aquí.

El afán de aventuras se despertó de nuevo en ellos.

—Huck, ¿te atreves a seguirme si voy para allá?

—Pues no es que me guste mucho, Tom. ¿Y si fuera Joe *el Indio*?

Tom se asustó, pero la tentación fue superior y decidieron hacer la prueba. Se dirigieron de puntillas, tomando toda clase de precauciones, y uno tras del otro. Cuando se hallaban cerca del lugar en que se oían los ronquidos, Tom pisó un palo que se quebró con un chasquido seco. El hombre lanzó un gruñido, se revolvió y un rayo de luna iluminó su cara. Se trataba de Muff Potter.

Nuevamente salieron sin hacer ruido y dejaron la antigua tenería. Cuando se iban a despedir, volvió a aullar el perro, esta vez con el hocico hacia el lugar en que dormía Potter.

—¡Es por él! —dijeron ambos al mismo tiempo.

—Escucha, Tom, dicen que un perro sin dueño estuvo aullando alrededor de la casa de Johny Miller a medianoche hace dos semanas y una lechuza se posó en la baranda

y cantó toda la noche, y sin embargo nadie ha muerto en esa casa.

—Ya lo sé que nadie ha muerto, pero Gracia Miller se cayó en el fogón de la cocina y se quemó el sábado. ¿Sí o no?

—Sí, pero no murió.

—Espera un poco y se morirá. Tan seguro como que Muff se morirá también.

Cuando Tom trepó a la ventana de su habitación, la noche tocaba ya a su término. Se desvistió y pronto se quedó dormido. Ignoraba que Sid se había fingido dormido también, y le estaba observando con ojos de lechuza.

Cuando Tom despertó, Sid ya no estaba allí. Tom se dio cuenta de que era bastante tarde y quedó muy sorprendido de que no le hubieran llamado. Este pensamiento le llenó de fatídicos presentimientos. En cinco minutos se vistió y bajó las escaleras. La familia estaba a la mesa aún, pero ya habían terminado el desayuno.

Nadie le dijo nada, pero el silencio era tan solemne que el culpable sintió que se le helaba la sangre en las venas.

Terminado el desayuno, la tía Polly lo llevó aparte y el chico casi se alegró pensando que le iba a dar una paliza, pero se equivocó. La tía se puso a llorar, preguntándole que cómo le hacía esas cosas «a ella», y que si continuaba por la senda de la perdición terminaría matando a disgustos a una pobre anciana, porque ella ya no iba a intentar corregirlo, viendo que era inútil.

Esto resultó peor que una tunda para Tom, el cual a su vez lloró como un becerro, pidió que lo perdonasen, e hizo promesas de que a partir de entonces se portaría bien.

Se separó de su tía sin siquiera sentir deseos de venganza contra su hermanastro, y por tanto la rápida retirada de éste resultó innecesaria. Con paso cansino llegó a la escuela, recibió la habitual reprimenda, en compañía de Joe Harper, por haber faltado la tarde anterior. Luego ocupó su asiento, apoyó los codos en el pupitre y permaneció mirando a la pared con cara de desconsuelo.

De pronto, notó algo duro bajo el codo. Sólo después de un rato cambió de postura y tomó el objeto.

Estaba envuelto en papel, y lo desenvolvió:

¡Era el morillo de latón!

* * *

La trágica noticia se conoció en el pueblo cerca de mediodía. El hecho fue pasando de boca en boca, de grupo en grupo y de casa en casa con telegráfica velocidad. El maestro dio asueto esa tarde a los alumnos, en parte por respeto al muerto y en parte por curiosidad.

Junto a la víctima había sido encontrado un cuchillo manchado de sangre y alguien lo había reconocido como propiedad de Potter. Se agregaba que un vecino que se retiraba tarde había visto a Potter lavándose en un arroyo a eso de las dos de la mañana y que después se había alejado. Detalles todos ellos muy sospechosos, especialmente lo del lavado, lo cual no entraba en las costumbres de Potter.

Se había salido en busca del asesino, y el comisario estaba convencido de que Potter sería encontrado antes del anochecer.

Toda la población se dirigió al cementerio, y Tom se unió a la procesión, ya que una invencible fascinación lo arrastraba hacia allí.

Contempló el macabro espectáculo, y le pareció que había transcurrido una eternidad desde la noche anterior. Sintió que le tocaban en el brazo y al darse la vuelta se encontró con Huckleberry Finn.

Nadie se había fijado en ellos. Por todas partes resonaban los comentarios.

—Pobre joven. Ése servirá de lección a los violadores de tumbas, y Muff Potter irá a la horca por esto si hay justicia.

El pastor agregó que aquello había sido un castigo de Dios, y Tom no pudo contener un estremecimiento al contemplar el semblante impasible de Joe *el Indio*. En ese momento la muchedumbre comenzó a agitarse y se oyeron gritos.

—¡Es él! ¡Viene solo!

—¿Quién? ¿Quién viene?

—¡Muff Potter!

—¡Se ha detenido! ¡Cuidado, no vayan a dejar que se escape!

Otros dijeron que no parecía que fuera a huir, sino que se había detenido vacilante.

—Vaya caradura —dijo uno junto a Tom—. ¿Qué es lo que quiere? ¿Gozar de su obra?

La muchedumbre abrió paso y el comisario llegó conduciendo a Potter agarrado del brazo. Muff tenía el rostro descompuesto y en sus ojos se reflejaba el espanto.

Cuando lo pusieron en presencia de la víctima tembló visiblemente y cubriéndose el rostro con las manos se echó a llorar.

—No he sido yo —decía—. No he sido yo. Les doy mi palabra de honor que no hice semejante cosa.

—¿Y quién te acusa? —preguntó el comisario.

El tiro dio en el blanco. Potter alzó la cabeza, paseó la mirada alrededor y vio al indio Joe.

—¡Joe, Joe! Tú me prometiste que nunca...

—El cuchillo es tuyo, ¿no? —preguntó el comisario.

Potter hubiera caído al suelo de no ser porque le sujetaron varios hombres.

Luego dijo idiotamente:

—Ya me decía yo que si volvía y lo recogía...

Se estremeció y agitó las manos, con un gesto de impotencia. Murmuró:

—Díselo todo, Joe, ya no vale la pena callar.

Huck y Tom quedaron boquiabiertos mientras el miserable embustero de Joe iba desgranando su declaración mintiendo.

—¿Por qué no te fuiste? ¿Por qué tuviste que volver? —preguntó uno de los presentes. Joe repitió su declaración con la misma impasibilidad unos minutos más tarde, al efectuarse la indagatoria bajo juramento. Los dos muchachos viendo que los rayos celestes no acababan con él se afirmaron en su creencia de que había hecho un pacto con Satanás. Sólo de esa manera podría comprenderse que no lo aniquilase la furia de Dios.

El secreto perturbó el sueño de Tom durante una semana, y cierta mañana, durante el desayuno, Sid dijo:

—Das tantas vueltas en la cama y hablas tanto mientras duermes que me tienes despierto la mitad de la noche.

Tom palideció y bajó los ojos.

—Ésa es mala señal —dijo tía Polly preocupada—. ¿Qué te ocurre, Tom?

—Nada. Nada que yo sepa —pero la mano le temblaba de tal manera que derramó el café.

—¡Y dices unas cosas! —remachó Sid—. Anoche decías: «¡Es sangre!», y lo repetiste varias veces. También decías: «¡No me atormentes de esa manera, yo lo diré!» ¿Qué es lo que quieres decir, Tom?

El mundo daba vueltas ante los ojos de Tom. No es posible saber lo que hubiera sucedido, pero por suerte en el rostro de tía Polly se disipó la preocupación y sin saberlo vino en auxilio de su sobrino.

—¡Claro! —dijo—. Todo es por culpa de ese horrible crimen. Yo también sueño con él todas las noches. A veces, Dios me perdone, incluso sueño que soy yo quien lo cometió.

Mary dijo que a ella le ocurría algo parecido, y Sid debió quedar satisfecho. Tom salió con rapidez y desde entonces, por espacio de varios días se estuvo quejando de dolor de muelas, y por la noche se ataba la cara con un pañuelo, para no hablar.

Nunca supo si Sid permanecía de noche al acecho, y las angustias de Tom se fueron desvaneciendo poco a poco hasta que el pañuelo comenzó a molestarle y se lo quitó.

Casi a diario, durante esa época, Tom se acercaba a la ventana enrejada de la cárcel y llevaba a Potter algún regalo. La cárcel era una miserable covachuela de ladrillo en el pantano, al otro lado del pueblo y no había nadie que la custodiase.

Los pobladores de San Petersburgo sentían grandes deseos de emplumar a Joe *el Indio* por profanador de tumbas, pero su fama de matón era tal que nadie se atrevió a tomar la iniciativa. Y así pasaron varios días.

Tom por fin olvidó en parte sus precauciones y una de las razones es que había surgido un tema que le interesaba. Becky Thatcher no iba a la escuela. Tom luchó con su amor durante algunos días, tratando de olvidarla, pero no le fue posible.

Solía rondar por las cercanías de la casa de la niña, pensando que estaba enferma, y si moría, ¿qué sería de él?

La vida había perdido todo su encanto para él. Incluso la piratería no tenía aliciente alguno. Guardó en un rincón el aro y la raqueta, con gran preocupación por parte de tía Polly, la cual comenzó a probar toda clase de remedios con el muchacho para mejorarle la salud.

El tratamiento por agua estaba entonces muy en boga, y el estado de debilidad de Tom fue un don de la providencia para ella. Sacaba al muchacho al rayar el alba, lo ponía en pie bajo el depósito de la leña y lo ahogaba con un torrente de agua fría. Luego lo envolvía en una manta y le metía en la cama hasta que transpiraba «dejándole el alma limpia», como ella decía.

Sin embargo, pese a las pócimas y a los baños, el muchacho estaba cada vez más taciturno, pálido y decaído... La tía agregó al tratamiento baños de asiento, baños calientes, duchas y zambullidas. Todo en vano. El chiquillo persistía en su tristeza, y esto colmó la preocupación de la buena mujer. Era preciso sacar a Tom de aquella «indiferencia». Por entonces oyó hablar del «matadolores», e inmediatamente encargó una buena remesa. Administró la primera cucharada a Tom y de inmediato se calmaron sus aprensiones: «la indiferencia» voló instantáneamente.

La tía quedó encantada, sin saber que cualquiera hubiera reaccionado de igual manera con el remedio: estaba compuesto de dinamita machacada o algo por el estilo.

De todas maneras, Tom decidió que ya erà hora de despertar. El romanticismo está muy bien, pero no siempre se puede estar viviendo con él. Iba ya siendo demasiado. De todas maneras decidió que el «matadolores» le gustaba, y lo pedía a todas las horas, hasta que su tía le dijo que lo tomara cuando quisiera y la dejara en paz.

De todas maneras vigiló clandestinamente el frasco, y se convenció de que el remedio disminuía, pero no se le ocurrió pensar que el muchacho estaba devolviendo la salud con él a una grieta en el suelo.

Cierto día, el gato amarillo de su tía apareció ronroneando y pidió un poco. Tom le vertió dentro de la boca una cucharada y el gato dio un salto de dos metros de alto, exhaló un grito de guerra y se puso a dar vueltas por la casa produciendo el caos y desolación en su camino.

La tía entró justo a tiempo para verle ejecutar un doble salto mortal y salir volando por la ventana, llevándose con él lo que quedaba de una maceta. Tom, tirado en el suelo, se mordía los puños de risa.

—Tom, ¿qué le pasa al gato?

—No lo sé tía.

—Nunca lo vi así. ¿Qué le habrá hecho ponerse de ese modo?

—No lo sé tía Polly. Los gatos se... ponen así cuando se encuentran a gusto, según creo.

—¿Es cierto eso, Tom?

—Pues, sí, tía... —respondió el chico con una cierta vacilación.

La buena mujer se había agachado, y Tom la observó con inquietud. Cuando se dio cuenta de sus intenciones ya era demasiado tarde. El mango de la cuchara asomaba por debajo de las faldas de la cama. Tom bajó los ojos.

La tía Polly lo levantó del suelo por una oreja y le pegó un fuerte golpe en la cabeza con el dedal.

—Y ahora dime, por qué hizo el gato esas cosas. Y, ¿por qué le hiciste tú eso al gato?

—Lo hice porque me daba lástima. Como él no tiene una tía que lo cuide...

—¿Qué es lo que quieres decir, Tom Sawyer?

—Quiero decir que si él hubiera tenido una tía le habría quemado ella misma. Le habría abrasado las entrañas hasta que las arrojara fuera, sin sentir lástima alguna de él.

La tía Polly sintió la angustia del remordimiento. Eso era algo nuevo para ella. Lo que resultaba crueldad para con un gato, ¿no lo era también para un ser humano?

Los ojos se le humedecieron. Puso la mano sobre la cabeza de Tom:

—Fue con buena intención, hijo mío. Además, te hizo mucho bien.

—Ya sé que lo hiciste con buena intención, tía. Yo también con el gato. La prueba es que le hizo bien. Nunca lo vi saltar con tanta agilidad.

—¡Vete antes de que me enoje de nuevo! Y prueba a portarte bien de una vez. Por el momento ya no necesitas más remedio. Vamos. ¡A la escuela!

Tom llegó a la escuela antes de tiempo. Tan pronto como penetró en el patio, volvió a poner cara de tristeza y miró a todos lados, sin hacer caso de las peticiones de los demás chicos para que jugara con ellos.

Al poco rato apareció Jeff Thatcher y Tom se le acercó, llevando la conversación hábilmente al tema de Becky. El otro cayó en la trampa, y Tom permaneció después al acecho hasta que vio llegar una falda blanca.

Inmediatamente Tom olvidó su melancolía, y un instante después lanzaba gritos indios de guerra, arrancaba las gorras a los muchachos y hacía toda clase de gestos destinados a que la niña se fijase en él.

Pero ella parecía ajena a todo el asunto. Ni una sola vez lo miró. Ni siquiera cuando él, saliendo de pronto de entre un grupo de chicos, chocó con ella y casi la hizo caer.

Ella le volvió la espalda y Tom le oyó decir:

—Algunos se creen muy graciosos. ¡Siempre tratando de que los miren!

En ese momento Tom no sabía si odiaba más al mundo o a Becky Thatcher.

Capítulo VI

Presa de la mayor desesperación, Tom se sentía abandonado por todos. Nadie lo quería y a nadie le importaba si vivía o moría. Muy bien, se arrepentirían. Había intentado ser bueno y obrar con rectitud, pero no le dejaban. Se veía pues obligado a una resolución extrema: llevaría una vida criminal. ¡No podía seguir otro camino!

Ya había dejado muy atrás al pueblo y oyó a lo lejos la campana que anunciaba la entrada al colegio por la tarde. Lloró un poco al pensar que jamás la volvería a oír. La culpa no era suya, naturalmente, sino de los demás, que lo lanzaban por el camino de la violencia. Pero él, hombre bueno, los perdonaba.

Y en ese momento tropezó con Joe Harper, su amigo del alma.

Y lo curioso es que el rostro del otro muchacho expresaba unos sentimientos muy parecidos a los que invadían a Tom en ese momento. En efecto, su madre le había dado una paliza por probar cierta crema, lo cual indicaba que su madre ya no le quería y que deseaba que se fuera de casa.

Prosiguieron su camino, lamentándose; hicieron un nuevo pacto de ayuda mutua para no separarse hasta la muerte, y luego comenzaron a trazar sus planes. Joe era partidario de ser anacoreta y vivir de mendrugos en alguna cueva lejana, y con el tiempo morir de hambre, privaciones, frío y penas, pero tras escuchar los planes de Tom encontró que resultaba mucho más interesante llevar una vida de crimen y crápula.

Seis kilómetros más abajo de San Petersburgo, en un lugar en que el Mississippi tenía más de dos kilómetros de ancho, había una isla larga y angosta, con una barra en la punta más cercana de la orilla y que constituiría una excelente base de operaciones.

Estaba deshabitada y al otro lado del río había una espesa selva. Por el momento no pensaron quiénes iban a ser las víctimas de sus piraterías, pero eso podía esperar.

Por el momento se ocuparon de buscar a Huckleberry, el cual se les unió sin pensarlo dos veces. Más tarde se separaron, conviniendo en encontrarse en un paraje solitario a orillas del río, dos millas arriba del pueblo, a media noche. En ese lugar había una pequeña balsa de troncos que pensaban capturar.

Todos traerían anzuelos y otros instrumentos de caza y pesca y los alimentos que pudieran encontrar en sus casas.

Cerca de media noche Tom llegó trayendo un jamón y algunos víveres más. Tom escuchó sin oír nada, lanzó un ligero silbido y debajo del acantilado se oyó otro, en respuesta.

—¿Quién va?

—Tom Sawyer, el «Tenebroso Vengador» de América. ¿Quién hay ahí?

—Huck Finn, «Manos Rojas», y Joe Harper, el «Terror de los Mares».

—Bien, decid la contraseña:

Dos voces roncas y apagadas murmuraron la misma palabra al mismo tiempo:

—¡Sangre!

Tom dejó que el jamón se deslizase por el acantilado y él lo siguió, dejando en la aspereza del camino parte de su ropa.

El «Terror de los Mares» había traído una lonja de tocino. Finn, «Manos Rojas», había robado una cacerola y cierta cantidad de hojas de tabaco a medio curar, aunque él era el único pirata que ya fumaba.

El «Tenebroso Vengador» dijo que no se podía salir a la aventura sin llevar fuego, y en aquella época los fósforos aún eran poco conocidos. Vieron un rescoldo en una almadía y se dirigieron hacia allí sigilosamente para apoderarse de unos carbones encendidos. Hicieron de ello una imponente aventura, murmurando «silencio» a cada paso y llevando las manos a imaginarias dagas. De sobra sabían que los dueños de la almadía estaban en el pueblo abasteciéndose de provisiones, pero lo importante era la aventura en sí.

Poco después desatracaban la balsa, bajo el mando de Tom, con Huck en el remo de popa y Joe en el de la proa. Tom iba erguido en medio de la embarcación, con los brazos cruzados sobre el pecho y la frente sombría, dando las órdenes con voz ronca e imperiosa.

—¡Cuidado con el viento! ¡Una cuarta a barlovento! ¡No guiñar!

Lo que naturalmente sólo era una pura fórmula, ya que la balsa se deslizaba por el centro de la corriente, y no había viento en absoluto.

—¿Qué aparejo llevamos?

—Gavias, juanetes y foque.

—¡Largad las monterillas! ¡Que seis hombres suban a las crucetas! ¡Todo a babor! ¡Firme el timón!

De esta manera enfilaron hacia la isla. Luego dejaron de hablar, ya que la balsa pasaba frente al lejano pueblo. El «Tenebroso» dirigió una mirada a la escena de sus últimas aventuras y de sus recientes penas, lamentando que «ella» no pudiera verlo en esos momentos, perdido en el proceloso mar y afrontando la muerte con valor y una amarga sonrisa en los labios.

A eso de las dos de la mañana la embarcación varó en la barra, a doscientos metros de la punta de la isla, y los tripulantes descargaron sus provisiones, vadeando. Entre los pertrechos figuraba una vela casi hecha jirones, con la que formaron una especie de tienda para proteger las provisiones. Ellos dormirían al aire libre cuando hiciera buen tiempo, como, según sabían, hacían todos los aventureros de verdad.

Encendieron una hoguera al abrigo de un tronco caído y frieron tocino para cenar, además de gastar la mitad de la harina que habían traído. Les parecía hermosísimo estar allí, en plena orgía, sin trabas de ninguna clase, en la selva virgen y lejos de toda morada humana. Las llamas iluminaban sus rostros y arrojaban sombras y luces sobre los troncos de los árboles.

Cuando terminaron la comida, se tendieron sobre la hierba, felices y satisfechos. No es que necesitasen el fuego, ya que hacía calor, pero, ¿qué es una aventura sin una buena hoguera?

—¿No es estupendo? —preguntó Joe.

—Estupendo —asintió Tom Sawyer.

—¿Qué dirían los otros chicos si nos vieran, eh, Huck? Se morirían de envidia, ¿no?

—Es posible. A mí me va bien y no necesito nada mejor. Casi nunca tengo lo necesario para comer, y aquí al menos le dejan a uno en paz.

—Ésta es la vida que me gusta —agregó Tom—. No hay que levantarse temprano, ni ir a la escuela, ni lavarse ni ninguna de todas esas tonterías. Ya ves, Joe, un pirata cuando está en tierra no tiene nada que hacer, pero un anacoreta tiene que rezar mucho y siempre está solo.

—Cierto. No había pensado bien el asunto, se conoce. Me gusta mucho más ser pirata.

—Por otra parte, un pirata siempre está bien mirado, y los anacoretas tienen que dormir en los lugares más duros y vestir arpillera y ponerse ceniza en la cabeza.

—¿Y para qué hacen esas cosas, como ponerse ceniza en la cabeza? —preguntó Huck, que jamás había oído hablar de los anacoretas.

—No sé, pero tienen que hacerlo. Siempre lo hacen así.

—Pues yo no lo haría —afirmó Huck.

—¿Y qué ibas a hacer?

—No sé, pero eso no.

—Tendrías que hacerlo o no serías un anacoreta.

—Ni hablar. No lo toleraría. Me escaparía.

—¿Escaparte? Pues vaya un anacoreta que estarías hecho.

«Manos Rojas» Finn no respondió, porque estaba ocupado en algo mucho más agradable. Había agujereado una mazorca y clavado en ella un tallo hueco para servir de boquilla. Lo llenó de tabaco y apretó un ascua contra la carga, lanzando seguidamente una bocanada de aromático humo. Los otros piratas envidiaron ese lujo asiático y resolvieron que los piratas deberían fumar de ahora en adelante.

—¿Qué tienen que hacer los piratas? —preguntó Huck—. Además de esto.

—Pasarlo lo mejor posible, apresar buques y quemarlos y cosas así, y apoderarse del dinero y enterrarlo en una isla en un cofre. Y matar a todos los que van en los buques apresados.

—Y se llevan las mujeres a la isla —intercaló Joe—, porque a las mujeres no las matan, sino que se portan caballerosamente con ellas.

—Así es —remachó Tom—. Las mujeres siempre son lindas y útiles.

—Y llevan trajes lujosos, todos de plata y oro y esas cosas.

Huck los miró con lástima.

—Me parece que yo no estoy vestido para pirata, pero no tengo otro traje.

Los otros le dijeron que en cuanto comenzasen sus aventuras tendría lujosos trajes a montones, ya que sus andrajos sólo eran para el comienzo.

Poco a poco la conversación fue languideciendo y cerrándose los ojos de los terribles piratas. La pipa cayó de las manos de «Manos Rojas» y se quedó dormido profundamente. Un poco más les costó al «Tenebroso Vengador» y al «Terror de los Mares». Dijeron sus oraciones mentalmente, y tumbados, ya que nadie les obligaba a hacerlas en voz alta y de rodillas.

Cierto es que durante unos instantes sintieron la tentación de no rezar, pero abrigaron el temor de que aquello sería ir demasiado lejos, por si acaso atraían sobre sí algún rayo o cosa parecida.

Pero cuando iban a caer dormidos, apareció un intruso: su conciencia. Empezaban a sentir temor de haberse escapado de sus casas, de las cosas que habían robado, eso sobre todo. Se prometieron a sí mismos que en su nueva vida de piratas harían de todo menos robar. La conciencia se apaciguó un poco con ello y finalmente se hundieron en el sueño.

Cuando despertaron a la mañana siguiente, Tom se preguntó que dónde estaba. Se incorporó, se restregó los ojos y comprendió.

El amanecer le producía una deliciosa sensación de descanso y calma. No se movía una hoja y ningún ruido turbaba el silencio del bosque excepto el canto de los pájaros.

Joe y Huck dormían todavía. Poco a poco el bosque fue animándose. El ruido de un pájaro carpintero golpeando el tronco de un pino, una oruga que apareció arrastrándose y se subió en una pierna de Tom, lo cual era buena suerte, ya que significaba que pronto tendría un traje nuevo. Las hormigas se afanaban en sus trabajos y una mantis trepó sobre una hierba. Tom le dijo lo que se les debe decir siempre a las mantis rezadoras: «María, María, a tu casa vuela, que en tu casa hay fuego y tus hijos se queman». Las mantis, como se sabe, siempre tienen miedo de que su casa se queme y ésta no fue una excepción.

Luego llegó un escarabajo, y Tom lo tocó para ver cómo se hacía una pelotita y se fingía muerto. Un pájaro gato se detuvo en un árbol, encima de Tom, y comenzó a imitar el canto de los demás pájaros. Dos ardillas pasaron velozmente, mirando con sus redondos ojillos a los mucha-chos, y desconfiando de ellos.

En suma, la naturaleza despertaba como todos los días.

Tom despertó a sus compañeros y los tres se desnuda-ron y se lanzaron al agua, límpida y poco profunda. ¡Una cosa es no querer lavarse en casa y otra muy distinta meterse en el río!

Regresaron al campamento, con gran apetito y muy ale-gres. Reanimaron el fuego y a falta de café bebieron agua. Mientras Joe cortaba lonjas de tocino para el desayuno, Tom y Huck se dirigieron al río con sus aparejos de pesca. Se vieron pronto recompensados con dos percas y una tru-cha. Frieron el pescado con el tocino y se lo comieron hambrientamente. ¡Jamás desayuno alguno les había sabi-do tan bien!

Luego se tendieron a la sombra, mientras Huck fumaba una pipa, y después se metieron en el bosque para un via-je de exploración. Comprobaron algo que ya sabían, pero que no por ello dejaron de anotar, que la isla tenía tres millas de largo por un cuarto de ancho.

Cada hora tomaban un baño. Cuando regresaron al campamento, tenían demasiada hambre para entretenerse en pescar, pero almorzaron muy bien con el jamón y vol-vieron a echarse a la sombra para charlar. Pero no hablaron mucho. La quietud del bosque, y un vago e indefinido anhelo, se habían apoderado de ellos, y poco a poco toma-ba forma más precisa: era la nostalgia. Hasta Huck recor-daba sus quicios de puertas y las barricas donde dormía. Pero todos se avergonzaban de su debilidad y ninguno se atrevía a decir lo que pensaba.

Durante algún tiempo habían notado vagamente un extraño ruido distante. Poco después el misterioso ruido se hizo más pronunciado. Los chicos se incorporaron, mirándose unos a otros, y escucharon. Hubo un prolongado silencio y luego el ruido se repitió.

—¿Qué será? —preguntó Joe inquieto.

—No es un trueno —dijo Huck—, porque el trueno...

—Silencio. No hablad.

Escucharon de nuevo y luego el mismo fragor turbó el silencio.

—Vamos a ver qué es.

Se levantaron y corrieron hacia la orilla del río que daba al pueblo. Apartaron ramas y arbustos y otearon a lo lejos en el río. La barca de vapor estaba a una milla más abajo del pueblo, dejándose arrastrar por la corriente. Su cubierta aparecía llena de gente. Había también numerosos botes navegando en todas direcciones, pero los muchachos no comprendían lo que hacían sus tripulantes. En ese momento una gran bocanada de humo salió del costado del barco y, a medida que se iba esparciendo y elevándose como una nube, el mismo ruido retumbante llegó de nuevo a sus oídos.

—¡Ya sé! —dijo Tom—. Lo mismo hicieron el verano pasado cuando se ahogó Bill Turner. Tiran un cañonazo encima del río y eso hace subir el cuerpo a la superficie. También echan grandes cantidades de pan, que van flotando y se quedan parados encima del cadáver.

—Oí hablar del asunto —respondió Joe—. ¿Qué será lo que hace que el pan se detenga?

—Yo creo —indico Tom— que no es tanto el pan como lo que dicen cuando lo echan al agua.

—Pero si no dicen nada —objetó Huck—. Yo vi cómo lo hacían y no decían nada.

—¡Qué no daría por estar allí! —dijo Joe.

—Y yo también. Quisiera saber quién ha sido.

Continuaron mirando. En la mente de Tom surgió una idea reveladora.

—¡Chicos! ¡Ya sé quién ha sido! ¡Ya sé quién se ha ahogado! ¡Somos nosotros!

De pronto se sintieron héroes. Era una apoteosis gloriosa. Les echaban de menos, vestían de luto por ellos, se emocionaban todos y derramaban lágrimas por su causa. Había remordimientos de conciencia por los malos tratos infligidos a los pobres chicos... Eran el tema de todas las conversaciones y la envidia de los demás chicos por la notoriedad alcanzada por los ausentes. ¡Valía la pena ser un pirata!

Al oscurecer, el barco volvió a su ocupación acostumbrada, y los botes desaparecieron. Los piratas regresaron a su campamento. Estaban locos de orgullo por la tremenda conmoción que habían causado.

Pescaron, cocinaron la cena y la comieron, y luego se pusieron a adivinar lo que en el pueblo estarían diciendo sobre ellos. Pero cuando llegó la noche, la charla cesó poco a poco y se quedaron mirando al fuego, con el pensamiento lejos de allí. El entusiasmo del primer momento ya había desaparecido y Tom y Joe no podían olvidar a las personas que allá, en sus casas, no se divertirían con ese juego. Surgían recelos y aprensiones, se sentían intranquilos y desasosegados, sin darse cuenta suspiraban...

Finalmente Joe aventuró la idea de volver a la civilización... «no precisamente ahora, pero... quizá más adelante...».

Tom se burló de él y Huck se puso de parte de Tom. Joe dió algunas explicaciones para dejar a salvo su dignidad, y la rebelión quedó conjurada.

Al cerrar la noche, Huck comenzó a cabecear y luego a roncar. Joe lo imitó. Tom permaneció echado durante un rato, mirando fijamente a sus compañeros. Finalmente se arrodilló y con grandes precauciones comenzó a buscar entre la hierba. Tomó y examinó varios trozos de corteza enrollada de sicómoro y eligió los dos que parecía necesitar.

Luego se agachó al lado del fuego y con gran trabajo escribió algo en uno de ellos con su inseparable trozo de lápiz. Uno lo enrolló y se lo guardó en el bolsillo. El otro lo puso en la gorra de Joe, y también dejó en la gorra algunas cosas, tales como un trozo de tiza, una pelota, tres anzuelos y una canica de vidrio.

Después, con el mayor cuidado siguió andando de puntillas entre los árboles, hasta que consideró que no podía ser oído, momento en que comenzó a correr en dirección al banco de arena.

Capítulo VII

Unos minutos después Tom estaba metido en el agua, vadeando en dirección a la ribera de Illinois. Antes de que le llegara a la cintura ya estaba en medio del canal y entonces se puso a nadar. Por fin alcanzó la costa dejándose llevar por la corriente, hasta que encontró una playa y salió a tierra.

Se puso en marcha a través de los bosques y poco antes de las diez llegó a un lugar despoblado frente al pueblo, y vio la barca fondeada al abrigo de los árboles. Todo estaba en silencio. Bajó por la cuesta, se deslizó de nuevo al agua y en cuatro brazadas alcanzó el chinchorro, a popa. Se ocultó allí y esperó.

Al rato sonó la campana y una voz dio la orden de desatracar. Pasaron unos minutos y el bote se puso en movimiento, remolcado. El viaje había comenzado. Al cabo de un cuarto de hora las palas se detuvieron y Tom, lanzándose al agua, nadó hasta la orilla, tocando tierra unos cincuenta metros más abajo. Fue corriendo por callejuelas poco frecuentadas y minutos después llegó a la valla trasera de su casa.

Salvó el obstáculo y trepó a la ventana del dormitorio, donde se veía luz.

Allí estaban tía Polly, Mary, Sid y la madre de Joe Harper, reunidos en consejo, al parecer. Tom se aproximó a la puerta y levantó suavemente el picaporte. Después empujó un poquito con grandes precauciones y temblando cada vez que los goznes chirriaban, hasta que pudo entrar de rodillas. Primero introdujo la cabeza y luego el resto del cuerpo.

—¿Por qué oscila la vela? —preguntó tía Polly—. Me parece que la puerta está abierta. No acaban las cosas raras. Ciérrala, Sid.

Tom, desapareció bajo la cama en el momento oportuno. Descansó un poco, respirando agitadamente, y luego se arrastró hasta casi tocar los pies de su tía.

—Pero como iba diciendo —prosiguió ésta—, no era lo que se puede llamar malo, sino travieso. Nunca hacía nada con mala intención, y tenía un corazón de oro.

Y se puso a llorar.

—Lo mismo sucedía con mi Joe... siempre haciendo travesuras, pero no era nada egoísta, sino muy bueno, en el fondo. ¡Y pensar que le di una paliza por probar la crema, sin recordar que yo misma la había tirado porque estaba avinagrada...! Y nunca volveré a ver al pobrecillo...

También ella sollozó incontenibleimente.

—Yo espero que Tom esté bien donde esté —dijo Sid—, pero si hubiera sido mejor de lo que era...

—¡Sid! No digas nada contra Tom ahora que ya no lo tenemos con nosotros. Dios lo protegerá. ¡Ay, señora Harper! ¡No lo puedo olvidar! ¡No puedo resignarme! Era mi mayor consuelo, aunque me mataba a disgustos algunas veces.

—El Señor da y el Señor quita. ¡Alabado sea el Señor! ¡Pero es tan terrible...! Hace apenas una semana hizo estallar un cohete en mis propias narices y le di una bofetada que lo tiró al suelo. ¡Cómo iba a imaginarme que pronto...! ¡Ay! Si volviera a hacerlo me lo comería a besos y le daría las gracias.

—Comprendo su dolor, señora Harper. Sin ir más lejos, ayer a medio día Tom llenó al gato de «matadolores» y creí que el animal iba a derribar la casa. Y... ¡Dios me perdone! Le di, una paliza al pobrecito... que ya puede que esté en el otro mundo. Sus últimas palabras fueron un reproche para mí.

La anciana ya no pudo contenerse. El mismo Tom estaba haciendo pucheros, debajo de la cama. Sentía llorar a Mary y murmurar de vez en cuando alguna palabra en su defensa. Sentía deseos de salir de su escondite y devolverles la alegría, pero se contuvo y no hizo el menor movimiento. Continuó escuchando.

Por lo que pudo deducir, se pensaba que los chicos se habían ahogado bañándose, pero luego se notó la ausencia de la balsa y se pensó que quizá la habían tomado y aparecerían en el pueblo próximo, sanos y salvos. Más tarde unos chicos anunciaron que les habían oído decir que se hablaría mucho de ellos en el pueblo, pero luego se encontró la balsa varada y se perdieron las esperanzas.

La búsqueda de los cadáveres no había dado el menor resultado. Era la noche del miércoles y si los cadáveres no aparecían para el domingo, no quedaba ninguna esperanza y los funerales se realizarían esa misma mañana. Tom se estremeció al oírlo.

La señora Harper se preparó para irse, llorando inconsolable. Tía Polly se enterneció mientras daba las buenas noches a Sid y Mary. Sid gimoteó un poco y Mary lloró a lágrima viva.

La buena señora se arrodilló y rezó por Tom. Luego se acostó, agotada, y Tom tuvo que continuar inmóvil pues ella no cesaba de llorar y suspirar. Finalmente quedó tranquila, y entonces Tom salió de debajo de la cama, se incorporó y tapó un poco la luz de la vela con la mano.

Contempló a la durmiente. Sacó el rollo de corteza y lo colocó al lado del candelabro, pero otra idea le asaltó y su rostro se iluminó. Volvió a guardar la corteza en el bolsillo y besó el marchito rostro. Luego abandonó la habitación, cerrando la puerta tras de sí.

Tomó el camino de vuelta al embarcadero. No se veía a nadie, y se metió en la barca. Desamarró el bote que estaba a popa y remando fue río arriba. Cuando llegó una milla más allá del pueblo empezó a sesgar la corriente, con gran esfuerzo. Fue a parar exactamente en el embarcadero de la otra orilla. Estuvo a punto de quedarse con el bote, como trofeo de guerra, pero comprendió que lo buscarían y eso podía terminar en el descubrimiento de los piratas. Por tanto salió a tierra y se internó en el bosque, donde se sentó a descansar un rato. Luego caminó hacia la isla. La noche tocaba a su fin.

Ya era pleno día cuando llegó frente a la barra de la isla. Se tomó otro descanso y luego se echó al agua.

Minutos después se detenía, chorreando agua, cerca del campamento y oía decir a Joe:

—No, Tom cumple siempre su palabra. Volverá. Sabe que sería un deshonor para un pirata y Tom es demasiado orgulloso para deshonrarse. Sin duda tiene algún plan, pero cuál sea ese no lo sé.

—Será algo bueno —dijo Huck—. En fin, de todas maneras las cosas ahora son nuestras, ¿no es así?

—No del todo. Lo que escribió nos hace saber que serán nuestras si no ha vuelto para el desayuno.

—¡Y aquí está! —exclamó Tom en tono dramático, avanzando hacia ellos majestuosamente.

En poco minutos fue preparado un excelente desayuno, mientras Tom contaba sus aventuras nocturnas. Cuando terminó su historia, el terceto de piratas no cabía en sí de orgullo. Luego Tom buscó un lugar oscuro donde dormir hasta mediodía, mientras los demás se preparaban para la pesca y las exploraciones.

Terminado el almuerzo, nuestros héroes se dedicaron a la caza de huevos de tortuga en la barca. Caminaban de un lado a otro, excavaban. De esa manera consiguieron numerosos huevos del tamaño de una nuez, y esa noche tuvieron una espléndida fritura de huevos con tocino, y otra el viernes por la mañana.

Después del desayuno fueron a la barra quitándose las ropas a medida que avanzaban, hasta quedar completamente desnudos, para bañarse. Cuando estuvieron cansados, salieron del agua y se tendieron en la arena. Luego se pusieron a jugar a las canicas hasta que se cansaron y Huck y Joe se bañaron de nuevo, pero Tom no se atrevió, ya que había perdido su pulsera de escamas de serpiente de cascabel que usaba como amuleto, y hasta que la encontró no se atrevió a meterse en el agua. Para entonces ya todos estaban cansados y un poco melancólicos, y no dejaban de dirigir miradas al otro lado del río, hacia el pueblo. Tom se sorprendió a sí mismo escribiendo «Becky» con el dedo gordo del pie en la arena, y lo borró enseguida para que los otros no se dieran cuenta.

El ánimo de Joe había decaído también tanto que no resultaba fácil levantarlo de nuevo. Sentía la nostalgia de su casa y no podía soportar la pena de no volver a ella. Sus ojos estaban velados por las lágrimas, y el mismo Huck también era presa de la melancolía. Tom se sentía desanimado asimismo, pero lo ocultaba, ya que tenía un secreto que aún no quería revelar. No obstante, si continuaba la desmoralización de sus compañeros y se acentuaba, no tendría más remedio que descubrirlo. Con tono alegre les dijo:

—Apostaría a que ya hubo piratas en esta isla. Tendremos que explorarla de nuevo, ya que sin duda habrá tesoros escondidos. ¿Qué os parecería si encontrásemos un cofre lleno de monedas de oro?

Pero sus palabras no hallaron eco. Tom probó otros medios de seducción, pero fallaron igualmente. Joe, sentado, con aspecto fúnebre, hurgaba la arena con un palo.

—Compañeros, creo que debemos dejar esto. Yo quiero volver a mi casa. Esto es tan solitario...

—No, Joe, poco a poco te irás acostumbrando. Piensa en todo lo que podemos pescar aquí.

—La pesca no me interesa. Quiero volver a mi casa.

—Pero mira, no existe otro sitio como éste para nadar.

—No quiero nadar. Por lo menos no quiero nadar cuando nadie me dice que no debo hacerlo. Yo me vuelvo a mi casa.

—Pobrecito, sin duda quieres ver a tu mamita ¿verdad?

—Sí, quiero verla y tu también querrías verla si la tuvieras. —Y Joe hizo un puchero.

—Bueno, que el nenito vuelva a su casa con su mamá, ¿no te parece, Huck? Pobrecito, que quiere ver a su mamita. Nosotros, Huck y yo nos quedamos aquí.

Huck respondió con un «sí» muy débil.

—No me juntaré más contigo mientras viva —dijo Joe poniéndose en pie.

Y se alejó y comenzó a vestirse.

—¡Qué me importa! Tu compañía no me interesa —respondió Tom—. Vuelve a tu casa y que se rían de ti. ¡Vaya un pirata! Huck y yo no somos nenes llorones, y aquí nos quedamos. Que se vaya ése. No lo necesitamos para nada.

Pero Tom estaba inquieto, y se alarmó al ver que Joe continuaba vistiéndose. Tampoco resultaba muy tranquilizador ver a Huck, que miraba a Joe con evidente envidia.

De pronto Joe, sin añadir palabra, comenzó a vadear en dirección a la ribera de Illinois.

Tom sintió un nudo en la garganta. Se volvió a Huck. Éste no pudo resistir su mirada y bajó los ojos.

—Yo también quiero irme, Tom. Esto es muy solitario y ahora lo estará más todavía. Vámonos también.

—Pues vete con él. Yo estoy resuelto a quedarme.

—Tom, creo que es mejor que me vaya.

—Vete, no te lo impido.

Huck comenzó a recoger sus ropas. Luego dijo:

—Tom, me parece que sería mejor que tú también vinieras. Piénsalo bien. Te esperamos en la otra orilla.

—Entonces tendréis que esperar un siglo.

Huck se alejó muy triste. Tom lo siguió con su mirada, sintiendo un irreprimible deseo de marcharse con él. Mantuvo una última lucha con su orgullo y luego corrió tras de sus compañeros.

—¡Esperadme! ¡Tengo algo que deciros!

Los otros se detuvieron esperándolo. Cuando estuvo a su lado comenzó a explicarles su secreto. Le escucharon de mala gana hasta que comprendieron cuáles eran sus intenciones y entonces lanzaron gritos de entusiasmo, diciendo que aquello era magnífico y que cómo es que a ninguno de ellos se le había ocurrido antes.

Volvieron alegremente y reanudaron sus juegos, alabando continuamente el estupendo plan de Tom, admirados de su ingenio. Después de una suculenta comida de huevos y pescado, Tom declaró que quería aprender a fumar enseguida, y Joe también quiso probar. Huck fabricó otras dos pipas y las cargó. Los novicios nunca habían fumado otra cosa que cigarros hechos con hojas secas.

—Es muy sencillo. Si hubiera sabido que era así, fumaría desde hace mucho tiempo.

—A mí me ocurre lo mismo —afirmó Joe.

—Todo el día podría estar fumando en pipa. No me mareo siquiera.

—Yo tampoco, y apuesto a que Jeff Thatcher no podría.

—¡Jeff! Después de dos chupadas estaría rodando por el suelo mareado. Me gustaría que los chicos nos vieran ahora.

—Y yo. Pero ahora lo que debemos hacer es no decir nada. Y un día, cuando todos estén juntos, yo me acerco y digo: «Oye, Joe, ¿tienes tabaco? Tengo ganas de fumar en pipa». Y tú contestas con naturalidad: «Sí, tengo mi vieja pipa y otra nueva, pero el tabaco no es muy bueno». Y yo te digo: «No importa». Y entonces sacas las pipas y las encendemos. ¡Habrá que ver la cara que ponen!

—Lástima que no pueda ser ahora mismo, Tom.

—Y cuando sepan que aprendimos mientras estábamos pirateando... ¡Lo que darían por haberlo hecho ellos también!

Pero poco a poco la charla fue haciéndose desarticulada y aumentaban las expectoraciones. Las bocas se les llenaban de saliva. A Joe se le cayó la pipa de entre los dedos, y la de Tom siguió el mismo camino. Joe dijo con voz apenas perceptible:

—Perdí el cuchillo. Será mejor que vaya a buscarlo...

Tom tartamudeó a su vez:

—Te ayudaré. Tú... vas por allí... y yo iré por el... otro lado... No, Huck, no es necesario que vengas...

Huck se sentó y esperó durante una hora. Luego buscó a sus amigos y los encontró durmiendo y muy pálidos.

A la hora de la cena hablaron muy poco, y cuando Huck llenó su pipa y les ofreció tabaco, ellos negaron con la cabeza, ya que no se sentían muy bien. Algo de lo que habían comido, seguramente...

A media noche, Joe se despertó y llamó a sus amigos. En el aire había una pesadez angustiosa y hacía un bochorno intolerable. Buscaron la compañía del fuego, no obstante, porque un aire extraño llegaba en ráfagas. Una especie de lamento sonaba entre los árboles, que movían sus ramas. Luego, de pronto, un relámpago transformó la noche en día durante unos segundos. Otra rafaga aventó las brasas del fuego.

Otro relámpago iluminó la selva y los tres chicos se abrazaron en la oscuridad. Gruesas gotas de lluvia comenzaron a caer.

—¡Vamos, muchachos, a la tienda!

Se levantaron y salieron corriendo. Un furioso vendaval rugía entre los árboles. Y la lluvia era torrencial ahora. Finalmente buscaron el refugio de la tienda, empapados y ateridos, pero contentos de estar juntos. La tempestad arreciaba por momentos, y la vela, desgarradas sus ataduras, salió volando por los aires. Los chicos, tomados por la mano, corrieron a guarecerse bajo un gran roble a la orilla del río.

Era espantoso. Los truenos, los relámpagos, las ráfagas de aire que les golpeaban en la cara, todo se unía para aterrarlos.

Pero al fin la tormenta llegó a su término, las fuerzas en lucha se retiraron y volvió a reinar la calma. Los muchachos regresaron al campamento, todavía asustados pero agradecidos a la providencia porque el gran sicómoro junto al cual encendían la hoguera no era más que una ruina: un rayo lo había partido en dos.

Todo en el campamento estaba empapado, incluso la hoguera, pues no habían tomado precauciones para casos de lluvia. ¡Les faltaba mucho para ser unos avezados piratas!

Pero afortunadamente el rayo había prendido algo en el interior del sicómoro, y con mucho cuidado juntaron cortecitas para avivarlo, hasta que lo consiguieron.

Cuando tuvieron de nuevo una buena hoguera, se les reanimó de nuevo el corazón. Sacaron el jamón y se dieron un banquete. Sentados alrededor del fuego, exageraron y glorificaron su aventura.

Cuando los rayos del sol iluminaron la tierra de nuevo, sintieron una invencible somnolencia, nada extraño si se piensa que no habían dormido en toda la noche.

Prepararon el desayuno y se dirigieron al banco de arena para dormir. La nostalgia de su casa se les hacía cada vez más acuciante. Tom notó los síntomas y se puso a reanimar a sus hombres, pero no le fue nada fácil, hasta que les recordó el secreto y en esa forma logró despertar en ellos un poco de alegría.

A la hora de la cena, y tras haber dejado la piratería por las aventuras en la pradera con indios salvajes, se reunieron en el campamento, felices y hambrientos. Pero surgió una dificultad: indios enemigos no podían comer juntos el pan de la hospitalidad sin antes fumar la pipa de la paz. Dos de los indios se arrepintieron casi inmediatamente de haber dejado de ser piratas.

Pero no quedaba otro remedio y, con toda la jovialidad que pudieron, fumaron su pipa. Eso sí, esta vez no sintieron deseos de irse a buscar cuchillos por el bosque, lo cual ya representaba una ventaja.

Después de la cena fumaron aún una pipa y el éxito coronó sus esfuerzos. Se sentían orgullosos del éxito alcanzado y eso les impidió seguir recordando con nostalgia sus casas en el pueblo.

Dejémoslos por unos instantes que fumen sus pipas en paz y fanfarroneen todo lo que quieran y echemos un vistazo a otro lugar, no muy lejano.

Capítulo VIII

En el pueblo todo el mundo estaba inundado de tristeza. Esa apacible tarde de sábado, las familias de los Harper y de tía Polly se vestían de luto entre lamentos y lágrimas. Una desacostumbrada quietud reinaba en la población, y las gentes llevaban a cabo sus ocupaciones con aire distraído y hablaban poco, aunque suspiraban mucho.

A los chicos, el descanso sabatino les suponía un suplicio, apenas ponían entusiasmo en sus juegos, hasta tal punto de que poco a poco fueron incluso prescindiendo de ellos.

Por la tarde, Becky, sin dar cuenta a nadie, salió a pasear por el patio, desierto a esas horas, y con expresión de profunda melancolía.

«¡Quién tuviera siquiera el pomo de latón!», pensaba. «Pero no tengo nada, ni un simple recuerdo».

Y contuvo un sollozo.

«Fue precisamente aquí. Si volviera a suceder no le diría eso, no... Pero ya se ha ido y jamás volveré a verlo».

Un grupo de chicos se acercó a la empalizada y se pusieron a hablar respetuosamente de cómo Tom hizo esto o aquello, y de cómo Joe hizo tal o cual cosa.

Luego hubo una discusión sobre quién fue el último que los vio vivos, y todos se atribuían la fúnebre distinción y ofrecían pruebas, más o menos corroboradas por testigos, y cuando finalmente quedó decidido quiénes eran los que los vieron por última vez en este mundo e intercambiaron con ellos las últimas palabras, los favorecidos adoptaron un aire de gran importancia y fueron mirados por los demás con respeto y emoción.

Un chico que no tenía nada de qué enorgullecerse, dijo:

—Pues a mí Tom Sawyer me pegó una vez.

Pero tal puja por la gloria fue un fracaso. Se contaban con los dedos de la mano aquéllos a los que Tom Sawyer no había sacudido alguna vez.

Cuando a la mañana siguiente terminó la clase en la escuela dominical, la campana comenzó a doblar, en lugar de voltear como de costumbre. El día era muy tranquilo y el fúnebre tañido parecía hermanarse con el recogimiento de la naturaleza.

La gente del pueblo comenzó a reunirse, deteniéndose un momento en el vestíbulo para cuchichear entre sí. Pero en el interior de la iglesia no se oía el menor murmullo, únicamente el frufru de las faldas de la mujeres al ir tomando asiento.

Finalmente hizo su aparición tía Polly, seguida por Sid y Mary, y luego la familia Harper, todos ellos vestidos de negro. Los fieles, incluso el pastor, se pusieron en pie hasta que los recién llegados tomaron asiento. Luego, el pastor extendió las manos y oró:

—Yo soy la resurrección y la vida...

Durante el curso de la oración trazó el buen hombre tal cuadro de las gracias, cualidades y prometedoras dotes de los tres desaparecidos, que todos los que le oían sintieron remordimientos al recordar que hasta entonces se habían obstinado en cerrar los ojos para no ver aquellas excelsas cualidades.

El pastor relató muchos rasgos enternecedores de la vida de los muchachos, lo cual revelaba su buen corazón, y la gente vio en efecto ahora lo nobles que habían sido y que, en realidad, lo que a ellos les había parecido en su momento travesuras desagradables eran en realidad muestras de bondad y ternura.

La concurrencia se fue enterneciendo más y más a medida que el relato avanzaba, hasta que todos los presentes dieron suelta a su emoción y acompañaron a los familiares en un coro de sollozos. Hasta el predicador derramaba lágrimas desde el púlpito.

En la galería se había producido un ruido que nadie notó al principio. Poco después rechinó la puerta de la iglesia, el pastor levantó los ojos por encima del pañuelo con el que se limpiaba las lágrimas y...

¡Quedó petrificado!

Primero un par de ojos, luego otros dos siguieron a los del pastor y por último, toda la concurrencia se puso en pie y se quedó mirando atónita, mientras los tres difuntos avanzaban en línea recta por el pasillo de la nave, Tom a la cabeza, seguido por Joe y Huck cerrando la marcha. Los tres bandidos habían estado escondidos en la galería, escuchando su propio panegírico.

Tía Polly, Mary y los Harper se arrojaron sobre sus resucitados, sofocándolos a besos y abrazos, mientras el pobre Huck permanecía abochornado, no sabiendo qué hacer ni adónde ir, o dónde esconderse de tantas miradas hostiles. Vaciló y se disponía a emprender la retirada, cuando Tom lo tomó de un brazo.

—Tía Polly, esto no está bien. Alguien debería estar contento de ver a Huck.

—Pues claro que sí, y yo me alegro de verlo, pobrecito, que no tiene madre.

En ese instante el pastor atronó el aire con su vozarrón:

—¡Alabado sea Dios, por quien todo nos es dado! ¡Acompáñenme en mi oración de gracias!

Y así se hizo. El viejo himno sonó triunfante y mientras el canto hacía trepidar el edificio, Tom Sawyer miró a su alrededor sintiendo que era aquél el más importante día de su vida.

Tom tuvo que soportar aquel día más besos y más bofetones que los que normalmente se ganaba en un año, según cambiaba el ánimo de tía Polly. Pero sabía bien que ambos solamente reflejaban el cariño de la anciana.

Ése había sido el gran secreto de Tom. Regresar con sus compañeros de aventura el domingo y presenciar sus propios funerales. Nada les había costado en efecto desembarcar, pernoctar cerca del pueblo y antes del alba esconderse en la galería.

Durante el desayuno, el lunes, tía Polly y Mary dedicaron a Tom todas sus ternezas.

—Lo cierto es —dijo tía Polly— que ha sido una buena broma: tenernos sufriendo a todos durante una semana mientras los tres os divertíais en grande no es de buen corazón, Tom. Si pudiste venir a tu funeral bien pudiste venir antes y darme alguna señal de que estabas vivo.

—Pero tía, eso hubiera echado a perder el efecto.

—Yo creí que me tenías afecto. Algún día te acordarás, Tom, cuando ya sea demasiado tarde, y lamentarás no haberme querido un poco más.

—Pero si sabes que te quiero, tía. Además soñé contigo.

—No es mucho, lo mismo podría hacer el gato, pero es mejor que nada. Dime, ¿qué soñaste? —añadió la tía, un poco más satisfecha.

—Pues, el miércoles por la noche soñé que estabas sentada al lado de la cama, y Sid junto a la leñera, y Mary a su lado.

—Y es cierto. Así estábamos sentados ese mismo día, ¿no es así?

—Y soñé que la madre de Joe estaba aquí también.

—¡Y estaba! ¿Qué otra cosa soñaste?

—Muchas, pero ya casi no las recuerdo...

—Trata de recordarlas, Tom.

—No sé, me parece... me parece como si el viento hubiera soplado algo... —Tom se apretó la frente con las manos, tratando de recordar.

Finalmente dijo:

—La vela. ¡El viento sopló la vela!

—¡Dios mío! —dijo tía Polly admirada—. Sigue, Tom.

—Y recuerdo que tú dijiste: «me parece que esa puerta...».

—¡Sigue, no te pares, Tom!

—Deja que piense un poco, tía. Ah, sí, dijiste que la puerta estaba abierta.

—Lo dije así... ¿Recuerdas, Mary que lo dije? Sigue, sigue.

—Y después... no estoy seguro, pero me parece que dijiste a Sid que fuera a...

—¡A ver! ¿Qué le dije a Sid?

—Que fuera a cerrarla.

—¡Dios mío, jamás oí cosa semejante! ¡Que me vengan ahora diciendo que los sueños no significan nada! No pasará mucho tiempo sin que se lo cuente a la señora Harper. Me gustará ver lo que dice entonces acerca de las supersticiones. Pero sigue Tom, sigue contando.

—Ahora lo veo todo un poco más claro. Luego dijiste que yo no era malo, sino sólo travieso y alocado y que no se podía culparme más que a un caballo...

—Así fue, ¡Dios Todopoderoso! ¿Qué más Tom?

—Y entonces te pusiste a llorar.

—Sí, aunque eso no era la primera vez que lo hacía. Y luego... ¿algo más?

—Después lloró la madre de Joe y dijo que su hijo también era sólo travieso y que ojalá no le hubiera pegado por haberse comido la crema, cuando ella misma la había tirado.

—¡Tom! ¡El Espíritu ha descendido sobre ti! ¡Estabas profetizando mientras dormías! Eso es lo que hacías, ¡Dios nos asista!

—Entonces, Sid dijo...

—Yo no dije nada —saltó su hermanastro.

—Sí, Sid —intercaló Mary—, alguna cosa dijiste.

—Dejad hablar a Tom —ordenó tía Polly—. ¿Qué soñaste que dijo Sid?

—Dijo que esperaba que lo pasara mejor donde estaba, pero que si yo hubiera sido más bueno...

—¿Lo oís? ¡Ésas fueron tus propias palabras, Sid!

—Y tú, tía, le ordenaste callar.

—¡Así fue! ¡Debía haber un ángel aquí esa noche! ¡No cabe duda de que aquí había un ángel!

—Y la señora Harper dijo que Joe le había asustado con un cohete y usted contó lo del gato y el «matadolores».

—¡Exacto!

—Después se habló de dragar el río para buscarnos y de que los funerales serían el domingo, y usted y la madre de Joe se abrazaron y estuvieron llorando, y después ella se fue a su casa.

—¡Así sucedió! Tan cierto como que ahora estoy sentada en esta silla. Aunque lo hubieras visto con tus propios ojos no podrías haberlo descrito mejor. Y luego, ¿qué sucedió? ¿Qué soñaste?

—Después me pareció que rezabas por mí, y creía que te estaba viendo y que oía todo lo que decías. Y te acostaste y yo fui y tomé un pedazo de corteza y escribí en ella: «Estamos vivos, estamos jugando a los piratas», y lo puse en la mesa de luz al lado del candelero, y parecías tan buena, así dormida, que me incliné y te di un beso.

—¿De verdad, Tom? ¿De verdad? ¡Todo te lo perdono por eso!

Y estrechó al chico entre sus brazos, y Tom comenzó a sentirse como el más culpable de los villanos.

—Fue una buena acción, aunque sólo en sueños —dijo Sid con voz apenas audible.

—¡Calla, Sid! Uno hace en sueños lo mismo que haría si estuviera despierto. Tom, querido, aquí tienes una manzana que guardaba para ti en el caso de que te encontrasen. Y ahora vete al colegio. Doy gracias a Dios porque me has sido devuelto, porque es paciente y misericordioso con los que tienen fe en Él y observan Sus mandamientos, aunque soy indigna de Sus bondades, pero si solamente los dignos recibieran Su gracia y Su ayuda en las adversidades, pocos serían los que disfrutarían aquí abajo. Vete, Sid, y tú también Mary. Iros, porque ya me he enternecido bastante.

Los chicos salieron para la escuela y la tía llamó a la señora Harper para contarle el maravilloso sueño de su sobrino. Sid por su parte abandonó la casa sin decirle a nadie lo que estaba pensando, y que era lo siguiente: «Qué sueño más extraño. Un sueño tan largo como ése y ninguna equivocación».

Tom era ahora un héroe. Caminaba con paso mesurado, como un verdadero y avezado pirata que siente sobre sí las miradas de todos fijas en él. Eso sí, simulaba no notarlas ni escuchar los comentarios al pasar, pero su vanidad se hinchaba terriblemente.

Los más pequeños le seguían pisándole los talones, orgullosos de que los vieran a su lado, y los chicos de su edad simulaban no haberse dado siquiera cuenta de su ausencia, pero a pesar de todo les roía la envidia. Hubieran dado cualquier cosa por tener la piel tostada por el sol como él, y su deslumbrante fama.

En la escuela ambos fueron objeto de un triunfal recibimiento. Comenzaron a relatar su aventura, y finalmente sacaron sus pipas y se pusieron a fumar, alcanzando el pináculo de su gloria.

Tom decidió que ya no necesitaba a Becky Thatcher. Con la gloria se conformaba. Aunque ahora que era una personalidad, tal vez ella quisiera reconciliarse. Bueno, pues que lo intentara.

Ella llegó un rato después, y Tom hizo como que no la veía, y unido a un grupo de chicos y chicas, se puso a charlar con ellos. Vio que ella corría de aquí para allá, muy ocupada al parecer en perseguir a sus compañeras, y riéndose locamente cuando capturaba a alguna, pero Tom notó que todas las capturas las efectuaba cerca de él y que lo miraba con el rabillo del ojo.

Eso halagaba su vanidad, y se puso aún más despectivo, simulando no reparar siquiera en que ella andaba cerca.

Becky dejó de correr y caminó indecisa por el patio, suspirando y lanzando hacia Tom ansiosas miradas. Notó también que Tom hablaba más con Amy Lawrence que con cualquier otro chico o chica y sintió agudos celos y se puso nerviosa. Trató de irse, pero los pies no le respondían. Con fingida alegría se aproximó a una niña que estaba cerca de Tom.

—¡Hola, Mary! ¿Por qué no fuiste a la escuela dominical?

—Sí fui, ¿no me viste?

—No te vi. ¿Dónde estabas?

—En la clase de la señorita Peters, como siempre.

—¿De veras? Pues no te vi. Quería hablarte de la merienda campestre.

—¡Estupendo! ¿Quién la da?

—Yo.

—Pero, ¿dejará tu madre que yo vaya?

—Claro que sí. La merienda es en mi honor y permite que vayan todos los que yo invite. Y quiero que tú vayas.

—Me alegro mucho, Becky. ¿Para cuándo?

—Muy pronto.

—¡Nos divertiremos muchísimo! ¿Irán más chicos y chicas?

—Sí, claro. Todos los que son amigos míos o... los que quieran serlo —y dirigió una furtiva mirada a Tom, pero él continuó hablando a Amy de la terrible tormenta que azotó la isla y de cómo un rayo había destruido el grueso sicómoro, mientras él estaba «a menos de un metro del árbol».

—Yo iré a la merienda —dijo Gracia Miller.

—Sí.

—¿Y también yo? —preguntó Amy Harper—. ¿Y Joe?

—Claro que sí —y así prosiguió hasta que todos los grupos fueron invitados, con excepción de Tom y de Amy Lawrence. Tom, desdeñoso, diose la vuelta y se alejó con Amy sin interrumpir la conversación. A Becky le temblaron los labios y los ojos se le llenaron de lágrimas, aunque lo disimuló con una alegría fingida, pero ya la merienda campestre había perdido todo su encanto.

Luego, sombría, herida en su orgullo, fue a sentarse a solas hasta que sonó la campana. Sacudió sus doradas trenzas y decidió que ya sabía lo que tenía que hacer.

Muy satisfecho, Tom siguió con Amy durante el recreo, aunque buscando con el rabillo del ojo a Becky para hacerla sufrir. Pero cuando la encontró, sintió un brusco sobresalto:

Becky estaba sentada en un banco, detrás del edificio, examinando un libro de estampas con Alfred Temple y tan absortos estaban y tan juntas sus cabezas, que no parecían siquiera darse cuenta de que existía el resto del mundo.

Los celos abrasaron a Tom. Ahora se arrepentía de haber rechazado la oferta de paz que Becky le había tendido. Amy, a su lado, seguía charlando muy contenta, pero Tom no la oía. Sólo tenía ojos para el odioso espectáculo de aquellos dos juntos y riéndose. Después le dijo a Amy que tenía algunas cosas que hacer, pero la chiquilla continuaba hablando. Por último logró quitársela de encima.

—Cualquier otro, bueno, pero ese memo de San Luis, que presume de elegante y de aristócrata... Bueno, ya te zurré el primer día que viniste al pueblo y te pegaré otra vez. ¡Espera que te encuentre solo! Te voy a agarrar y...

Y realizó todos los gestos necesarios para dar una formidable paliza a un chico imaginario, dando puñetazos y puntapiés al aire.

—¿Qué? ¿Tienes bastante ya? ¿No puedes más? Pues así aprenderás de una buena vez.

El vapuleo terminó satisfactoriamente para él, no hay que decirlo.

Tom volvió a su casa a medio día. Becky continuó mirando las estampas, pero como los minutos pasaban lentamente y Tom no volvió a aparecer para ser sometido a nuevos tormentos, su triunfo comenzó a nublarse, y ella a sentir un aburrimiento mortal. Alfred, viendo que la atención de la niña se distraía, repetía una y otra vez:

—¡Mira, aquí hay una muy bonita! ¡Mira!

Y ella acabó por perder la paciencia:

—Ya me he cansado de mirarlas. ¡Las he visto tres veces!

Y salió corriendo para evitar que él viera las lágrimas. Alfred la alcanzó y trató de acompañarla. Lo único que consiguió fue un:

—¡Vete y déjame en paz! ¡Pues sí que estás pesado con tu libro!

El chico quedó sorprendido, pero como no era tonto, pronto comprendió lo que sucedía: había sido utilizado como cebo y para que Becky desahogase su despecho contra su rival. Comenzó a aborrecer a Tom más que nunca, y eso que ya lo odiaba desde que le diera la primera paliza el día que llegó al pueblo. ¿Cómo vengarse? De pronto sus ojos descubrieron la gramática de su rival. Abrió el libro por la página en que estaba la lección de la tarde y la llenó con un buen manchón de tinta.

En ese instante Becky se asomó a la ventana y vio la maniobra. No dijo nada y continuó su camino. Pensaba acercarse a Tom y decir lo que había visto, pero recordó la conducta del chico cuando ella hablaba de la merienda y enrojeció de rabia. Y resolvió que dejaría que lo castigaran, y no solamente eso, sino que lo aborrecería toda su vida.

Capítulo IX

Tom llegó a su casa de muy mal humor. Pero cuando su tía le dirigió las primeras palabras, se dio cuenta de que llevaba sus penas a un mercado ya saturado, y donde iban a tener muy poca aceptación.

—Tom, siento ganas de desollarte vivo —fueron las primeras palabras de la anciana.

—¿Qué hice ahora, tía?

—¡Muchas cosas! Me voy a ver a la señora Harper como una tonta, imaginándome que la voy a sorprender con todas esas simplezas de tus sueños, cuando me entero de que ya había descubierto, por Joe, que tú habías estado aquí y habías escuchado todo lo que hablamos esa noche. Tom, ¡no sé dónde puede ir a parar un chico que hace semejantes cosas! ¡Me pone enferma sólo pensar que me hayas dejado hacer el ridículo de esa manera delante de los Harper!

Lo que aquella misma mañana le había parecido a Tom una broma ingeniosa, se le antojaba ahora una villanía. Dejó caer la cabeza y durante unos instantes no supo qué contestar.

—Tía —dijo por fin—, quisiera no haberlo hecho, pero...

—¡Nunca piensas, eso es lo malo! Sólo en tu propio egoísmo.

—Ya sé que fue algo malo, pero le juro que no tuve ninguna mala intención. No vine para burlarme, palabra.

—Pues, ¿para qué viniste?

—Para decirle que no pasara cuidado con nosotros, y que no nos habíamos ahogado.

—Tom, me sentiría muy feliz si eso fuera verdad. Pero sabes bien que no es verdad.

—Sí, tía, palabra. Que no me mueva más de aquí si no es verdad.

—No mientas, Tom. Con eso no harás más que agravar tu culpa.

—No miento. Quería que usted no sufriera por mí. Por eso vine.

—Daría cualquier cosa por creerte, pero no puedo. ¿Por qué no lo dijiste antes?

—Pues verás, tía, cuando hablaron de los funerales se me ocurrió volver allí y esconderme en la iglesia, con los otros, pero no pude resistir la tentación. De manera que volví a guardar la corteza en el bolsillo y no dije nada.

—¿Qué corteza?

—Una en la cual había escrito un mensaje diciendo que nos habíamos hecho piratas. ¡Ojalá te hubieras despertado cuando te besé! Así sabrías que digo la verdad.

El gesto de la anciana se dulcificó.

—¿Me besaste, Tom? ¿De veras?

—Palabra.

—¿Estás seguro de eso?

—Sí tía, completamente seguro.

—¿Por qué me besaste?

—Porque estabas llorando y yo te quiero mucho. Por eso lo hice.

—Pues... ¡Bésame otra vez! Y vete después a la escuela y no me fastidies más.

En cuanto el chico salió, ella corrió al armario y sacó los restos de la chaqueta de Tom, con la cual se había dedicado a la piratería. Pero con ella en la mano, se detuvo vacilante.

—¡No me atrevo! ¿Y si me ha mentido de nuevo? Pero en ese caso sería una mentira piadosa, que me hace feliz... Pero no quiero, no quiero saber si es o no otra mentira.

Volvió a guardar la chaqueta y se quedó en pie durante un rato. Dos veces alargó la mano para volver a tomar la prenda, y dos veces la retiró. Por último se decidió.

Registró los bolsillos de la prenda y unos instantes después estaba leyendo la corteza. Las lágrimas rodaron por sus mejillas.

—¡Ahora lo perdonaría aunque hubiera cometido un millón de pecados! —exclamó.

El beso de tía Polly alejó la melancolía del espíritu de Tom. Ahora se sentía feliz y contento.

Se dirigió a la escuela y la suerte quiso que se tropezase con Becky en el camino. Sin la menor vacilación se acercó a ella y le dijo:

—Becky, esta mañana me porté muy mal contigo. Pero nunca, nunca volveré a hacerlo. ¿Quieres que seamos amigos de nuevo?

La niña respondió con acento desdeñoso:

—Thomas Sawyer, te agradeceré que te alejes de mi presencia. Nunca volveré a dirigirte la palabra.

Tom quedó tan asombrado que no supo qué decir. Sólo se le ocurrió una frase hiriente cuando ella ya se había alejado.

Pero temblaba de rabia. Le hubiera gustado que Becky fuera un chico, para darle una buena paliza. Ya en el patio, volvió a encontrarse con ella y le dirigió una indirecta mordaz, ella le contestó con otra y la zanja que los separaba se convirtió en abismo. Becky estaba ansiosa de que comenzase la clase, impaciente por ver el castigo que Tom recibía por haber ensuciado la gramática. Si alguna vez había tenido la idea de acusar a Alfred, ya se le había pasado ante la injuria de Tom.

La pobrecilla ignoraba que pronto se iba a ver ella misma en apuros.

El maestro, el señor Dobbins, había llegado a la edad madura con una ambición insatisfecha: la de ser médico, pero su pobreza le había obligado a no pasar de maestro. Todos los días sacaba de su pupitre un libro misterioso y se absorbía en él cuando las clases se lo permitían. Este libro estaba guardado bajo llave, por supuesto. Los chicos muchas veces hacían apuestas sobre lo que contendría el libro, pero ninguno había llegado jamás a verlo.

Y sucedió que al pasar Becky junto al pupitre del maestro, vio que la llave estaba en la cerradura. Era una ocasión única y la aprovechó, viendo que en ese momento estaba sola.

Un instante después tenía el libro en sus manos.

El título no le dijo nada: «Anatomía». Pasó unas cuantas hojas hasta que vio una figura humana en colores. En ese momento una sombra cubrió la página. Asustada Becky cerró el libro y se rasgó una de las páginas. Metió el libro en el pupitre y volvió a echar la llave. Se puso a llorar de enojo y vergüenza.

—Tom Sawyer, eres indigno viniendo a espiar lo que hacía.

—¿Cómo podía yo adivinar que era «eso» lo que estabas mirando?

—Debiera darte vergüenza, pero ya sé lo que vas a hacer: acusarme. ¿Qué haré yo, Dios mío? Me pegarán y jamás me habían pegado en la escuela.

Dio un puntapié en el suelo y agregó:

—¡Haz lo que quieras! Yo sí sé lo que te va a suceder a ti! ¡Te odio! —y salió de la clase.

Tom, asombrado por la actitud de la niña, se quedó parado.

—Pero... ¡qué extrañas y tontas son las niñas! ¡Que nunca le han pegado en la escuela...! ¡Pero si una paliza no es nada! No son más que unas melindrosas y unas débiles. Por supuesto que no pienso decirle nada a Dobbins, porque hay otros medios de vengarse que no son tan sucios. Dobbins hará lo de siempre: preguntar quién ha roto el libro, y nadie contestará. Luego interrogará uno a uno y a las chicas se les conoce siempre en la cara cuando mienten, al menos eso dicen. Luego la pegará. Becky, te has metido en un buen atolladero. Y te está bien empleado, ya que a ti te gustaría verme a mí en otro.

Poco después la clase comenzó. Tom no prestaba atención al estudio. Cada vez que miraba a donde estaban las chicas, veía la cara turbada de Becky, pero no quiso compadecerse de ella.

No tardó en descubrir la gramática manchada, y durante un buen rato Tom no tuvo tiempo de ocuparse sino de sus propias cuitas. Becky no le quitaba ojo. Esperaba que el chico no podría salir bien parado del paso, aunque mintiera, lo cual ocurrió. Sólo que la negativa no hizo sino agravar la falta. Cuando llegó lo peor, estuvo a punto de levantarse y decir que había sido Alfred el autor de la felonía, pero se contuvo, pensando que él sí la iba a acusar a ella.

Tom recibió su castigo y volvió a su asiento, pensando que quizá él mismo había manchado el libro sin darse cuenta, aunque no se acordaba de haberlo hecho. Si había negado era sólo por cuestión de principios.

Pasó una hora. El maestro cabeceaba en su tarima, ya que el rumor del estudio incitaba al sueño. Luego abrió el pupitre y sacó el libro. La mayor parte de los alumnos alzó la mirada lánguidamente, aunque dos de entre ellos seguían sus movimientos con interés. El señor Dobbins abrió el libro y se dispuso a leer.

Tom miró a Becky. Una vez había visto un conejo acorralado, frente al cañón de una escopeta, y la niña tenía el mismo aspecto. Compadecido, pensó rápidamente en varias soluciones para salvarla: salir corriendo, tomar el libro y huir con él...

Pero la ocasión ya había pasado. El maestro abrió el libro: ¡ya no había remedio para Becky!

Unos instantes después el señor Dobbins se irguió, amenazador. Todos los ojos se abatieron bajo su mirada, ya que ésta denotaba una cólera espantosa.

—¿Quién rompió esta página?

Profundo silencio. Se hubiera podido oír el vuelo de una mosca. El maestro escudriñaba los rostros, buscando alguna muestra de culpabilidad.

—Benjamin Rogers, ¿has sido tú?

Negativa.

—Joseph Harper, ¿has sido tú?

Otra negativa. La tortura de Tom iba en aumento en este lento procedimiento. El maestro recorrió con la mirada los bancos de los chicos y luego se dirigió a las niñas.

—¿Amy Lawrence?

Negativa.

—¿Grace Miller?

Idéntica señal.

—Susana Harper, ¿fuiste tú?

—No, señor.

La niña que seguía era Becky. La excitación ante lo irremediable hacía temblar a Tom.

—Rebeca Thatcher...

Estaba muy pálida.

—¿Fuiste tú? Mírame de frente.

La niña levantó las manos con gesto de súplica.

—¿Fuiste tú quien rompió la página del libro?

Una idea pasó como un rayo por la mente de Tom. Se puso en pie y gritó:

—¡Fui yo!

Todos se quedaron mirándolo, asombrados por semejante locura. Tom permaneció un instante inmóvil, y cuando se adelantó para recibir el correspondiente castigo, el asombro, la gratitud y la adoración que leyó en los ojos de Becky le parecieron suficiente pago para cien castigos. Sufrió sin una queja el más intenso vapuleo que jamás aplicara el señor Dobbins a un alumno, y también recibió con indiferencia la noticia de que tendría que quedarse allí dos horas al terminar la clase.

Cuando esa noche Tom se fue a la cama, imaginaba planes de venganza contra Alfred Temple, pues, muy avergonzada, Becky le había contado todo lo ocurrido, sin olvidar su propia traición. Pero la sed de venganza dejó paso a otros pensamientos más gratos y se durmió con las dulces palabras de Becky sonándole en los oídos: «Tom, ¿cómo puedes ser tan bueno?»

Capítulo X

A medida que se aproximaban las vacaciones, el señor Dobbins se volvía más y más irascible y tiránico, ya que tenía mucho interés en que sus alumnos hicieran buen papel el día del examen.

Su vara casi nunca estaba ociosa, sobre todo entre los alumnos más pequeños. Únicamente escapaban a sus castigos los muchachos más grandes y las jóvenes de dieciocho a veinte años.

Los castigos que administraba el maestro eran muy vigorosos, porque, aunque estaba completamente calvo —llevaba una peluca para taparse el mondo cráneo—, todavía era joven y su brazo fuerte.

A medida que se acercaba el día del examen, aumentaba su despotismo. Parecía que gozaba con maligno placer en castigar las menores faltas. Por eso los más pequeños, los que más sufrían sus iras, no desperdiciaban la ocasión de jugarle alguna mala pasada, pero el maestro casi siempre obtenía ventaja en este juego. El castigo que seguía a cada propósito de venganza era tan tremendo que los chicos siempre se retiraban maltrechos y vencidos.

Finalmente decidieron reunirse para organizar un plan que prometía venganza completa. Para él necesitaban la ayuda del hijo del pintor, al cual comprometieron y le hicieron jurar solemnemente. No hacía falta por otra parte presionarle mucho, ya que el maestro, que se alojaba en su casa, le había dado al muchacho suficientes motivos para odiarlo.

La esposa del maestro se disponía a pasar una breve temporada en el campo, en casa de una familia amiga, y por lo tanto no había por ese lado inconveniente para llevar a cabo el proyecto.

El señor Dobbins tenía la costumbre de embriagarse la víspera de las grandes ocasiones, y la de los exámenes no sería una excepción. El hijo del pintor aprovecharía pues el día anterior al examen para llevar a cabo su parte del plan, mientras Dobbins dormía en su silla, sumergido en los vapores del alcohol.

Por último llegó el gran día. A las ocho de la noche el local de la escuela estaba brillantemente iluminado y adornado con guirnaldas de flores.

Dobbins aparecía entronizado sobre su sitial, en una alta plataforma. Tenía un aspecto blando y un tanto vagaroso, ya que había sido despertado con el tiempo justo para correr al acontecimiento.

Allí estaban todos. Las personalidades del pueblo, los padres de los alumnos y éstos, vestidos con su mejores galas. Las niñas eran una sinfonía de color blanco y limón, con sus brazos desnudos y sus cintas en el pelo, y los chicos aparecían bien fregoteados y luciendo sus trajes de fiesta.

Comenzaron los ejercicios. Uno de los chicos más pequeños se subió a la tarima y recitó aquello de «no podían ustedes esperar que un niño de mi edad hablara en público...», etcétera, etcétera.

Una niña deliciosamente ruborizada, como le había enseñado su mamá, dijo que «María tenía un corderito...» e hizo una cortesía y recibió los aplausos escondiendo la cara entre las manos, también como había sido enseñada.

Tom Sawyer avanzó con presuntuosa confianza y lanzó un discurso de «Libertad o Muerte», con furia y frenéticos gestos, pero se quedó parado a la mitad. Las piernas se le volvieron de paja y no logró arrancar. Pese a contar con la simpatía del auditorio, se retiró derrotado. Surgió un débil aplauso, pero murió al nacer.

Siguieron otras joyas de la declamación y luego se pasó a los ejercicios. Un concurso de ortografía continuó la lista. Llegaba por fin el número más importante del programa: las composiciones originales de las señoritas. Cada una de ellas subió a la tarima, se aclaró la garganta y leyó su obra con aprensivo cuidado en la puntuación y la dicción.

El público se rebullía en sus asientos, cansado ya. Las composiciones eran demasiado abundantes y casi todas rezaban sobre la melancolía, la amistad, la religión y las ventajas de la instrucción.

Por último acabó el suplicio, ya que algunas de las composiciones ocupaban hasta diez páginas enteras, y eran muchas las que habían querido emular a las glorias poéticas patrias.

El alcalde entregó el premio a la ganadora, y pronunció un cálido discurso asegurando que aquello era lo más pesa... quiero decir elocuente que había oído y que la autora merecería figurar en las antologías a partir de entonces.

A renglón seguido, el señor Dobbins se levantó y comenzó a trazar un mapa de los Estados Unidos en la pizarra, para los ejercicios de geografía.

Desgraciadamente, tenía aún la mano insegura por las recientes libaciones y el pesado sueño que había echado tras la comida. Por lo cual el mapa no tardó en convertirse en un batiburrillo. Un rumor de risas se extendió entre los asistentes.

Dándose cuenta de lo que sucedía, quiso corregirlo, pasó el borrador por algunas líneas y aún le quedo peor. Las risas aumentaron, y él creyó que era por sus equivocaciones, lo cual le puso más nervioso. Pero las carcajadas no eran solamente por el extraño mapa que estaba intentando dibujar, no.

En el techo, sobre la cabeza del maestro, había una ventana que daba a una buhardilla. Por ella había aparecido un gato, suspendido de una cuerda y haciendo contorsiones para librarse de sus ataduras. Para evitar que maullase, tenía la cabeza envuelta en trapos.

A medida que iba bajando, se curvaba hacia abajo y hacia arriba, tratando de soltarse. Las risas eran ya generales, aunque muchos trataban de taparlas con la mano.

El gato estaba ahora a sólo medio metro de la cabeza del maestro. Continuó bajando dirigido por manos invisibles, y clavó las uñas en la peluca de Dobbins. Se asió a ella, furioso, y de pronto tiraron de él hacia arriba, con el trofeo en las garras.

¡Y apareció la brillante calva del maestro... que el hijo del pintor había decorado mientras Dobbins dormía la borrachera! ¡Y qué decoración!

Con esto terminó la fiesta. Los chicos estaban vengados. Las clases terminadas, comenzaban las vacaciones.

* * *

Tom entró a formar parte de la Orden de los Cadetes del Antialcoholismo, seducido por sus vistosos emblemas e insignias, y prometió como es lógico no beber ni fumar ni jurar mientras perteneciera a la Orden.

Pronto realizó el descubrimiento de que basta comprometerse a no hacer una cosa para desear ardientemente hacerla. Pronto se sintió atormentado por el deseo de fumar, beber y jurar. El deseo se le hizo tan irresistible que solamente la esperanza de que se presentara la oportunidad de exhibirse luciendo la banda roja lo contuvo para no abandonar la Orden.

Se aproximaba el 4 de julio, día de la Independencia Nacional. El viejo juez de paz, Grazer, estaba muy enfermo, y durante tres días Tom se mostró muy preocupado, visitándolo en su casa para pedir noticias de su salud. Pues bien, el juez entró en franca convalecencia, y Tom se sintió agraviado y ofendido personalmente. Presentó su renuncia a la Orden. Esa misma noche el juez sufrió una recaída y murió. El entierro fue soberbio, pero naturalmente Tom ya no pertenecía a la Orden y no pudo desfilar con sus emblemas y su banda roja.

Pero al menos había recobrado la libertad. Ya podía fumarse una pipa, beber cerveza y jurar cuanto quisiera. Para encontrarse con que una vez libre de sus juramentos, ya no le apetecía hacer ninguna de esas cosas.

Las vacaciones no eran tan hermosas como se las había imaginado, por otra parte. Trató de escribir un diario pero como durante tres días no ocurrió nada digno de mención, lo abandonó.

Llegó la primera orquesta de color al pueblo y causó sensación. Tom y Joe organizaron una banda y durante dos días se divirtieron lo indecible.

Hasta el 4 de julio fue un fracaso, porque llovió copiosamente, y no hubo desfile cívico, y el senador Benton resultó ser un hombre pequeñajo y que andaba con las piernas torcidas.

Llegó un circo, y los chicos jugaron a los títeres durante unos días. Hubo algunas fiestas para los niños, pero todas resultaron muy aburridas. Becky Thatcher, por otra parte, había ido a su casa de Constantinopla, con sus padres, y por último le llegó el sarampión... a Tom.

Durante dos semanas permaneció prisionero en la cama, muerto para el mundo. Nada le interesaba. Cuando se recobró, vio que una triste mudanza se había operado en el pueblo: se había despertado una oleada de religiosidad, no solamente entre los mayores, sino también entre los chicos. Tom recorrió el pueblo buscando alguna cara pecadora, pero sólo cosechó desengaños. Joe Harper leía la Biblia. Buscó a Ben y lo encontró visitando a los pobres y repartiéndoles folletos consoladores. Dio con Jim Hollins, quien le invitó a considerar su sarampión como un aviso de la Providencia. Y cuando por último se decidió a recurrir a Huckleberry Finn, éste le recibió con una cita bíblica. Tom se dirigió a su casa y se metió en la cama, comprendiendo que el mundo había acabado para él.

Esa noche hubo un terrible temporal de lluvia, truenos y relámpagos. Se tapó la cabeza con las sábanas, convencido de que aquello era el fin de sus pecados. Pero al rato el temporal amainó. No, el mundo no se acababa aún.

Al día siguiente volvió el médico. Tom había sufrido una recaída. Cuando finalmente surgió de nuevo a la vida no sabía si agradecerlo o no, ya que se sentía abandonado por todos.

Salió a caminar, indiferente y taciturno, y tropezó con Jim Hollins que actuaba como juez entre un jurado infantil que estaba juzgando a un gato, acusado de asesinato en la persona de un pájaro. Luego tropezó con Joe Harper y Huck en un callejón, comiéndose un melón que habían robado previamente... ¡Infelices! ¡Ellos también habían sufrido una recaída!

Capítulo XI

Por fin el pueblo salió de su letargo y lo hizo con renovados bríos: en el tribunal iba a ventilarse el proceso por el asesinato del doctor Robinson, y ése era el tema de todas las conversaciones, y Tom no pudo sustraerse al interés que despertaba. Toda alusión al crimen le hacía estremecer, porque su conciencia acusadora y su miedo le persuadían de que cada alusión no era sino un anzuelo que le lanzaban para ver si mordía. Llevó a Huck a un lugar apartado para hablar del asunto.

—Huck, ¿has hablado con alguien del asunto?

—¿Qué asunto?

—Ya sabes a qué me refiero.

—Ah, sí. Bueno, pues no.

—¿Ni una palabra?

—Ni una. ¿Por qué me lo preguntas?

—Porque tengo miedo.

—Vamos, Tom, no permaneceríamos mucho tiempo con vida si eso se supiera. Lo sabes muy bien.

Tom se sintió tranquilizado. Luego añadió:

—Huck, nada podría hacértelo confesar, ¿verdad?

—¿Hacer que lo confesara? Si quisiera morir, sí podrían hacérmelo decir. Pero sería la única manera.

—Muy bien, creo que podemos estar seguros mientras no hablemos. Pero será mejor que juremos de nuevo.

—Muy bien, Tom.

Y nuevamente juraron con gran solemnidad.

—¿Qué dicen por ahí, Huck? Yo he oído muchas cosas.

—¿Decir? Pues únicamente hablan de Muff Potter, y eso siempre me hace sudar. Por eso prefiero esconderme por ahí.

—A mí me ocurre lo mismo. Creo que a ése lo van a matar. A veces, ¿no sientes lástima de él?

—Muchas veces... Él no vale un centavo, pero tampoco hizo nunca mal a nadie. Sólo se dedicaba a la pesca para tener un poco de dinero con que emborracharse. Pero tenía algunas cosas buenas. En cierta oportunidad me regaló un pescado y muchas veces me ayudó cuando yo estaba en la mala racha.

—A mí me arreglaba los barriletes y me ataba los anzuelos al sedal. ¡Si pudiéramos hacer algo por él...!

—No podemos sacarlo de la cárcel, Tom, y además, pronto volverían a capturarlo.

—Sí, lo prenderían, pero no puedo oír hablar de él como si fuera el diablo, cuando no fue él quien lo hizo.

—A mí me sucede lo mismo, Tom, cuando les oigo decir que él es el mayor criminal que existe en la tierra, y que por qué no lo habrán ahorcado antes.

—Sí, siempre están diciendo eso. Yo oí que si lo dejaban en libertad lo lincharían.

—Ya lo creo.

Ambos sostuvieron una prolongada entrevista, pero les sirvió de poco. Al atardecer se encontraron en las proximidades de la cárcel, tal vez con la vaga esperanza de que algo pudiera ocurrir que solucionara sus dificultades, pero nada ocurrió.

Los chicos se acercaron a la reja y alcanzaron a Potter tabaco y fósforos. Estaba en la planta baja y no había guardián. Potter les dijo:

—Habéis sido muy buenos conmigo, mejores que nadie en el pueblo, y no lo olvido. Muchas veces pensaba que yo era amigo de los demás chicos cuando les arreglaba las cosas, pero ahora veo que todos se han olvidado de mí, con excepción de vosotros dos. Chicos, yo hice aquello porque estaba borracho y loco, y únicamente así pude haberlo hecho. Y ahora me van a colgar por eso y es justo que así sea. No hablemos más de eso, no quiero que os pongáis tristes por mi causa, porque sois buenos amigos míos. Pero sí os aconsejo que no os emborrachéis nunca y así no os veréis en mi situación. Haceos a un lado para que os vea mejor, ya que es bueno ver caras amigas.

Tom llegó a su casa muy triste y sus sueños fueron esa noche una sucesión de horrores. Al día siguiente anduvo rondando por el tribunal, atraído por un irresistible impulso de entrar, y conteniéndose para no hacerlo. A Huck le ocurría lo mismo. Tom prestaba atención a los comentarios, y siempre oía malas noticias. El cerco se iba estrechando en torno a Muff Potter.

Esa noche tampoco pudo conciliar el sueño, sufriendo lo indecible. Al día siguiente todo el pueblo se hizo presente en el tribunal, porque ése era el día decisivo.

Después de una interminable espera, entró el jurado. Poco después, Potter, muy pálido y caminando como un sonámbulo, fue introducido en la sala, debidamente custodiado y sentado en un lugar desde el que todo el mundo podía contemplarlo. No menos visible aparecía Joe, el indio, tan impasible como siempre.

Se produjo otra espera, entró el juez y se declaró abierta la sesión. Siguieron los acostumbrados cuchicheos entre los abogados y el manoseo de papeles. Esos detalles iban formando una atmósfera de expectación tan impresionante como fascinadora.

Se presentó uno de los testigos y declaró que había hallado a Muff Potter lavándose en el arroyo en la madrugada del día en que se descubrió el crimen, y que inmediatamente se alejó de allí. El fiscal dijo que la defensa podía interrogar al testigo.

Potter levantó los ojos, pero los volvió a bajar cuando su defensor manifestó:

—No tengo nada que preguntar.

El testigo siguiente compareció declarando que el cuchillo hallado junto al cadáver era de Potter. El fiscal dijo que la defensa podía interrogar.

—No tengo nada que interrogar.

Otro testigo aseguró que había visto ese puñal en manos de Potter.

El defensor se abstuvo de interrogar.

En los rostros de los asistentes comenzó a leerse la contrariedad. ¡Ese abogado se preocupaba bien poco de su defendido!

Varios otros testigos declararon sobre la actitud de Potter cuando lo condujeron al lugar del crimen. Ninguno de ellos fue interrogado por la defensa.

Todos los detalles fatales para el acusado fueron relatados al tribunal por testigos fidedignos, pero ninguno de ellos fue preguntado por el abogado defensor. El asombro e indignación del público se tradujeron en fuertes murmullos que provocaron una reprimenda del juez.

El juez dijo a continuación:

—Bajo el juramento de ciudadanos, cuya palabra se halla por encima de cualquier sospecha, hemos probado sin la menor posibilidad de duda que el autor de este horrendo crimen es Muff Potter. No tengo nada que agregar a la acusación.

Potter estalló en sollozos y se tapó el rostro con las manos, mientras un angustioso silencio reinaba en la sala. Muchos hombres tenían un nudo en la garganta y las mujeres no contenían ya sus lágrimas.

El defensor se puso en pie:

—En mis primeras indicaciones, al iniciarse el juicio, dejé entrever mi propósito de demostrar que mi defendido había realizado el crimen bajo el influjo del delirio producido por el alcohol. Pero ahora mi intención es otra: no alegaré esas circunstancias.

Y dirigiéndose al alguacil, ordenó:

—Que comparezca Thomas Sawyer.

La perplejidad y el asombro se reflejaron en todos los semblantes, incluido el de Potter. Todas las miradas se posaron en Tom cuando se levantó y fue a ocupar su lugar en el estrado. Prestó el juramento de rigor.

—Thomas Sawyer, ¿dónde estabas el diecisiete de junio a las doce de la noche? —Tom miró al rostro impasible del indio Joe y se le trabó la lengua. Todos aguzaron el oído, pero las palabras se negaban a salir de sus labios.

Pasados unos instantes el chico recuperó sus fuerzas y consiguió poner la suficiente fuerza en su voz para que parte de la asistencia pudiera escuchar.

—En el cementerio.

—No tengas miedo. Habla más fuerte. Dices que estabas...

—En el cementerio.

En los labios del indio Joe se dibujó una desdeñosa sonrisa.

—¿Te hallabas en un lugar cercano a la tumba de Williams?

—Sí, señor.

—Habla un poco más fuerte. ¿A qué distancia estabas?

—Tan cerca como estoy de usted ahora.

—¿En qué lugar?

—Detrás de los árboles que hay junto a la tumba.

Joe el indio se estremeció y frunció las cejas.

— ¿Estaba alguien contigo?

—Sí, señor, Fui allí con...

—Espera un poco. No interesa ahora cómo se llama tu acompañante. Llegado el momento comparecerá también personalmente. ¿Llevabais algo allí?

Tom vaciló, pareciendo avergonzado.

—Habla, chico, y no tengas vergüenza. La verdad es siempre digna del mayor respeto ¿Qué llevabais al cementerio?

—Un gato... muerto.

Se escucharon risas contenidas, a las cuales el tribunal puso prontamente término.

—En el momento oportuno presentaremos el esqueleto del gato. Ahora dinos todo lo que sucedió; dilo a tu manera y no calles nada. No tengas temor alguno.

Al comenzar su declaración, la voz de Tom era vacilante, pero a medida que hablaba las palabras fueron saliendo de sus labios con mayor fluidez.

Unos minutos después sólo se oía la voz del testigo y todos los ojos estaban fijos en él. Con las bocas entre abiertas y la respiración contenida, el auditorio estaba pendiente de sus palabras, dominado por la trágica fascinación del relato.

La tensión llegó al cenit cuando Tom dijo:

—... y cuando el doctor levantó el tablón y Muff Potter cayó al suelo, Joe, el indio, saltó con el cuchillo y...

¡Zas!

El mestizo, veloz como un rayo, se lanzó hacia una ventana próxima, abriéndose paso entre los que intentaban detenerlo y consiguió escapar.

* * *

Una vez más Tom volvía a ser un héroe. Los viejos lo adulaban y los jóvenes se morían de envidia. Su nombre obtuvo la inmortalidad de la letra de imprenta, pues el diario local glorificó su hazaña.

Como ocurre siempre, los mismos que antes pedían la horca para Potter, se apresuraron ahora a felicitarle. Fueron días de esplendor y ventura para Tom, pero las noches eran largos intervalos de horror en los que se le aparecía siempre el indio Joe con mirada siniestra. En cuanto anochecía, nadie podría hacerle salir de su casa.

El pobre Huck pasaba por las mismas angustias, pues Tom había relatado todo al abogado la noche anterior al día de la declaración, y temía que su participación llegara a saberse, aunque la fuga del indio le había ahorrado la tortura de declarar ante el tribunal, y el abogado le había prometido guardar silencio, pero, ¿qué ganaba con eso?

Desde que los escrúpulos de conciencia de Tom lo arrastraron esa noche a casa del abogado, y le arrancaron la confesión a sus labios, sellados por el juramento anterior, la confianza de Huck en sus semejantes se había esfumado.

Y los dos estaban seguros de que el indio intentaría vengarse, y ninguno de ellos viviría tranquilo hasta que ese hombre muriera o fuese capturado por la justicia.

Se habían ofrecido recompensas por su captura, y se había registrado toda la comarca, pero Joe no aparecía.

Un maravilloso detective que llegó desde San Luis investigó por todas partes, sacudió la cabeza y consiguió uno de esos éxitos asombrosos que los miembros de esa profesión suelen alcanzar: descubrió una pista.

Pero como no es posible ahorcar a una pista por asesinato, cuando el detective terminó su tarea y regresó a San Luis, Tom se sintió tan inseguro como antes.

Los días se fueron deslizando lentamente y cada uno iba dejando atrás un poco de alivio, al peso de las preocupaciones que atosigaban a Tom Sawyer.

Capítulo XII

En la vida de todo chico normalmente constituido llega un momento en que siente un deseo imperioso de ir a cualquier parte en busca de tesoros.

Cierto día, Tom se sintió de pronto preso de ese afán.

Salió a la calle en busca de Joe Harper, pero fracasó en su intento. Luego trató de hallar a Ben Rogers, pero éste había salido de pesca. Finalmente tropezó con Huck Finn, el cual podría servir para el caso.

Tom lo llevó a un lugar solitario y le expuso confidencialmente el asunto. Huck, siempre listo para participar en cualquier empresa arriesgada que no exigiera capital, pues el tiempo le sobraba, aceptó encantado.

—Y, ¿adónde iremos a buscar el tesoro?

—A cualquier parte.

—Entonces, ¿los hay en todas partes?

—No. Están escondidos en lugares muy raros... en islas, a veces; otras en viejos arcones carcomidos, pero la mayor parte de ellos están en casas encantadas.

—Y, ¿quién los esconde?

—Los bandidos, naturalmente. ¿Quiénes creías que iban a ser? ¿Los maestros de las escuelas dominicales?

—No sé, Tom. Si el dinero fuera mío no lo escondería. Me lo gastaría en darme todos los gustos posibles.

—Yo haría lo mismo, pero los ladrones no hacen eso, ya que son gente rara. Lo esconden y luego lo dejan allí.

—¿Y no vuelven a buscarlo?

—No. Creen que van a volver, pero casi siempre olvidan las señas o se mueren. De todas maneras, allí queda durante mucho tiempo, y después alguien encuentra un papel amarillento donde explica cómo se puede encontrar. Un papel que hay que descifrar durante una semana, ya que no está escrito como todas las cosas, sino con signos y con jeroglíficos.

—¿Jero... qué?

—Jeroglíficos... dibujos y cosas como ésas, ¿sabes? Creo que no quieren decir nada, pero sirven para encontrar los tesoros.

—Y, ¿tú tienes algún papel de ésos, Tom?

—No.

—Entonces, ¿cómo vas a encontrar las pistas?

—No necesito pistas. Siempre lo entierran debajo del piso de una casa con fantasmas, o en una isla o bien debajo de un árbol seco que tenga una rama que sobresalga mucho.

—Ah, ¿eso es lo que hacen siempre?

—Sí. Bueno, nosotros ya hemos buscado un poco en la isla Jackson y podemos hacer una nueva tentativa. Ahí, por ejemplo, tenemos esa vieja casa encantada junto al arroyo de la destilería, y muchos árboles con ramas secas.

—¿Y está debajo de todas esas cosas?

—No, solamente de alguna de ellas.

—¿Y cómo saber a cuál hay que dirigirse?

—Pues... a todas.

—Pero para eso necesitaríamos todo el verano.

—Y qué importa.

Y agregó:

—Suponte que encuentras una cacerola de cobre con cien dólares dentro o un arca llena de diamantes. ¿Y entonces?

Los ojos de Huck brillaron de codicia.

—¡Eso es demasiado!

—Pues se puede encontrar más todavía.

—Que me den cien dólares y entonces no necesito los diamantes.

—De acuerdo, pero puedes tener la seguridad de que yo no voy a tirar los diamantes. Algunos valen hasta veinte dólares cada uno. No hay ninguno que valga menos de un dólar.

—¡No me digas!

—Cualquiera te lo puede decir.

—Caray, Tom.

—Claro, cualquiera te lo puede decir. ¿Nunca viste uno?

—No, nunca, Tom.

—Los reyes tienen muchos.

—Pero yo no conozco ningún rey.

—Me imagino que no, idiota. Pero si fueras a Europa verías muchos.

—¿Cierto? ¿No me engañas, Tom?

—Claro que no te engaño. Hay muchos. Como aquel Ricardo, el de la joroba.

—Ricardo... ¿cómo has dicho que era su apellido?

—No tenía más nombre que ése. Los reyes no tienen apellidos.

—¿No?

—No.

—Pues verás, Tom, si eso les gusta, bueno, pero yo no quiero ser rey y no tener apellido, como si fuera un negro. ¿Dónde vamos a cavar?

—Todavía no lo sé. Primero nos ocuparemos de aquel árbol que hay en la cuesta, al otro lado del arroyo de la destilería.

—De acuerdo.

Se agenciaron pico y pala y se dirigieron al lugar indicado, que distaba cuatro millas de allí. Llegaron sofocados y cansados y se echaron a la sombra de un olmo para reponerse y fumar una pipa.

—Me gusta el sitio —dijo Tom.

—También a mí.

—Dime, Huck, si encontramos un tesoro, ¿qué harás con tu parte?

—Pues hincharme de pasteles todos los días, y tomarme un vaso de limonada y además ir a todos los circos que pasen por aquí cerca.

—Muy bien pensado. Pero, ¿no desearías ahorrar algo?

—Ahorrar, ¿para qué?

—Pues... para tener con qué vivir cuando seas viejo.

—No, eso no sirve. Mi viejo regresaría al pueblo cualquier día y se le gastaría todo.

Hubo un silencio.

—Y tú, Tom, ¿qué harías con tu parte?

—Me compraría otro tambor, una espada de verdad y una corbata colorada. Y también me casaré.

—¿Casarte?

—Sí.

—Estás loco, Tom.

—Espera y verás.

—Pues es la mayor tontería que puedes hacer. Mira a mi padre y a mi madre. Siempre se estaban peleando. Lo recuerdo muy bien. No se me olvida nunca.

—Eso no significa nada. La mujer con la que voy a casarme no es de las que se pelean.

—Yo creo que todas se pelean, Tom. Todas lo tratan a uno a golpes. Por eso será mejor que lo pienses antes, y que lo pienses bien. ¿Y quién es esa mujer?

—No es una mujer. Es una niña.

—Bueno, me parece que es lo mismo, sólo que más pequeña. ¿Cómo se llama?

—Eso ya te lo diré más adelante.

—Está bien. Lo cierto es que si te casas quedaré más solo que nunca.

—No te quedarás solo. Vendrás a vivir con nosotros. Y ahora se acabó la charla y vamos a trabajar.

Trabajaron y sudaron durante media hora. Ningún resultado.

Continuaron trabajando media hora más. Sin resultado tampoco. Huck dijo:

—¿Siempre lo entierran tan hondo?

—A veces sí, pero no siempre. Creo que lo que ocurre es que no hemos dado con el lugar adecuado.

Eligieron otro árbol y comenzaron su tarea. Trabajaban con menos ardor, pero la obra avanzaba. Durante un rato cavaron en silencio. Finalmente Huck se apoyó en la pala, con el sudor corriéndole por el rostro. Se enjugó con la manga y dijo:

—¿Dónde vamos a cavar una vez que hayamos acabado con éste?

—Tal vez ataquemos aquél que está en el monte Cardiff, detrás de la casa de la viuda Douglas.

—Ése será mejor, seguro. Pero, ¿no nos lo quitaría la viuda? El terreno es suyo.

—¿Quitárnoslo? Tal vez quiera hacer la prueba. Pero el que encuentra uno de esos tesoros escondido es el dueño de él. No interesa de quien sea el terreno, el dueño es quien lo encuentra.

Continuaron trabajando. Un rato después, Huck dijo:

—Por todos los diablos, nos hemos equivocado de nuevo, Tom. ¿No lo crees?

—Es posible, Huck. A veces las brujas andan en esto y lo enredan todo. Tal vez sea debido a ellas.

—¿Qué dices? Las brujas no pueden hacer nada de día.

—No había pensado en ello. Tienes razón. Ah, ya sé dónde está el problema. ¡Somos unos idiotas! Hay que saber dónde cae la sombra a la medianoche y allí es donde hay que cavar.

—Entonces hemos trabajado inútilmente. Pero ahora no tenemos más remedio que volver de noche y esto está muy lejos. ¿Puedes venir?

—Vendré. Tenemos que hacerlo hoy, porque si alguien descubre estos hoyos sabrá los que estamos haciendo y se nos echará encima.

—Vale, Tom. Entonces yo me pasaré por tu casa y maullaré según costumbre.

—Convenido. Escondamos las herramientas entre las matas.

A la hora convenida los muchachos estaban allí de nuevo.

Se sentaron a esperar en la oscuridad. El paraje era solitario y era una hora que la tradición ha hecho siempre solemne.

Los espíritus cuchicheaban entre las hojas inquietas, los fantasmas acechaban en los rincones oscuros, a lo lejos se oía el aullido de un perro y una lechuza le respondía con su penetrante ulular.

Los dos estaban intimidados por aquella situación, pero no lo querían confesar. Hablaban poco.

Cuando pensaron que sería la medianoche, señalaron donde caía la sombra trazada por la luna y comenzaron a cavar. Las esperanzas aumentaban. Su interés se hacía cada vez más intenso y su ardor en el trabajo no le iba en zaga.

El hoyo se hacía cada vez más profundo, pero cada vez que el corazón les daba un vuelco al sentir que el pico tropezaba con algo, era sólo para sufrir un nuevo desengaño: se trataba solamente de una piedra o alguna raíz.

—No hay nada que hacer —dijo Tom—. Nos hemos equivocado otra vez.

—Pues no podemos equivocarnos. Señalamos la sombra justo donde caía.

—Lo sé, pero es que puede ocurrir otra cosa.

—¿Cuál?

—Que nos hayamos imaginado la hora. Es posible que fuera más tarde o bien más temprano.

Huck dejó caer la pala.

—¡Está claro! —dijo—. Eso es lo que ha debido ocurrir. Tenemos que dejarlo, Tom. Nunca podremos saber la hora exacta, y además da miedo a esta hora, con brujas y fantasmas rondando por ahí. Continuamente me parece que tengo alguien detrás de mí y no me atrevo a mirar, porque es posible que haya otro delante, esperando el momento de atacarme. Desde que estamos aquí tengo la carne de gallina.

—A mí me ocurre lo mismo. Casi siempre meten dentro un cadáver cuando entierran un tesoro debajo de un árbol, para que el cadáver custodie el tesoro.

—¡Jesucristo!

—Así lo hacen siempre. Eso es lo que he oído decir a los enterados en el asunto.

—Tom, a mí no me gusta andar haciendo tonterías donde hay muertos. Aunque uno no lo quiera, se mete en enredos con ellos. Puedes estar seguro de eso.

—A mí tampoco me gusta molestarles. Imagínate que aquí hubiera uno y sacara la calavera y nos dijera algo.

—Calla, Tom, ni en broma debes decir eso.

—Todo puede ser. Yo no estoy tranquilo.

—Mira, Tom, dejemos esto y probemos en cualquier otro lugar.

—Creo que será lo mejor.

—¿Dónde?

—En la casa embrujada.

—¡Diablos! Tom, no me gustan las casas con fantasmas. Son mucho peores que los muertos. Los muertos pueden hablar, pero no aparecen con una sábana cuando uno está distraído y de pronto sacan la cabeza por encima del hombro de uno y rechinan los dientes como sólo los fantasmas saben hacerlo. Yo no puedo soportar eso, Tom.

—Sí, pero los fantasmas sólo andan de noche. No nos molestarán si vamos de día.

—Está bien. Pero tú sabes muy bien que nadie se acerca a la casa embrujada ni de día ni de noche.

—Claro, porque no les gusta ir adonde han matado a una persona. Pero nunca se vio nada de noche fuera de la casa. Únicamente una luz azul que salía por una de las ventanas. Eso quiere decir que no son fantasmas como ésos de los que hablas tú.

—Bueno, si tú ves algunas de esas luces azules puedes estar seguro de que hay algún fantasma cerca. Porque como tú sabes muy bien, sólo los fantasmas las usan.

—Claro, pero de todas maneras no se mueven de día, y entonces, ¿de qué vamos a tener miedo?

Hablando habían comenzado ya a bajar la cuesta.

Allá abajo, en medio del valle iluminado por la luna, estaba la casa embrujada, completamente aislada, con las puertas casi destruidas por la vegetación salvaje, la chimenea en ruinas, y hundida una punta del tejado.

Los chicos permanecieron contemplándola durante un rato, casi esperando ver pasar una luz por detrás de una de las ventanas. Luego, hablando en voz baja, como convenía a la hora y al lugar, echaron a andar, torciendo a la derecha para dejar la casa a respetuosa distancia, y se dirigieron al pueblo cruzando los bosques que tanto embellecían el otro lado del monte Cardiff.

* * *

Serían las dos del siguiente día cuando nuestros amigos llegaron al árbol. Iban en busca de sus herramientas. Tom estaba impaciente por llegar a la casa embrujada, pero Huck no tanto.

De pronto, Huck dijo:

—Tom, ¿no sabes qué día es hoy?

Tom repasó mentalmente los días de la semana y de pronto levantó la mirada, alarmado.

—¡No se me había ocurrido pensar en eso!

—A mí tampoco, pero de pronto recordé que era viernes.

—¡Lástima! Hay que tener cuidado, Huck. Acaso nos hemos librado de una buena por no haber hecho esto en viernes.

—Tal vez no. Casi seguro. ¡Es posible que haya días con suerte, pero los viernes no, desde luego!

—Nadie ignora eso. No vayas a creer que fuiste tú quien lo ha descubierto.

—¿Acaso dije yo semejante cosa? Y no solamente es viernes, sino que anoche tuve un mal sueño: soñé con ratones.

—Señal de apuro, sí. ¿Se peleaban?

—No.

—Eso es bueno, Huck. Cuando no se pelean no hay que temer nada malo por el momento. Dejemos el asunto para otro día y vayamos a jugar. ¿Quieres jugar a Robin Hood?

—Y, ¿quién es Robin Hood?

—Uno de los hombres más célebres que ha habido en Inglaterra... y además un tipo muy generoso. Era un bandido.

—¡Estupendo! Ojalá lo fuera yo también. ¿A quién robaba?

—Solamente a los obispos, a los ricos y a los reyes. Nunca se metía con los pobres, y los quería mucho. Siempre repartía con ellos sus tesoros, hasta el último centavo.

—Debía ser un tipo de pelo en pecho, ¿eh, Tom?

—Ya lo creo. Era la persona más noble que jamás haya existido. Podía vencer a todos los hombres de Inglaterra con una sola mano, y con su arco podía atravesar una moneda de diez centavos a milla y media de distancia.

—Juguemos entonces a Robin Hood. Nos divertiremos, ¿eh, Tom?

—Como no te puedas imaginar.

Por lo tanto jugaron a Robin Hood durante toda la tarde, mirando de vez en cuando a la casa embrujada y hablando de sus proyectos para el día siguiente, y de lo que encontrarían.

Cuando se puso el sol, emprendieron el regreso por entre las sombras de los árboles y pronto desaparecieron tras las frondas del bosque.

Capítulo XIII

El sábado, poco después de mediodia, estaban de nuevo junto al árbol. Fumaron una pipa, charlando en la sombra, y luego cavaron un poco en el último hoyo, pero sin ningún resultado.

En vista de ello recogieron sus herramientas y se fueron convencidos de que esta vez no habían jugado con la suerte, sino que habían llenado todas las formalidades relacionadas con la profesión de cazadores de tesoros.

Cuando llegaron a la casa embrujada, había algo tan fatídico e impresionante en el silencio de muerte que en ella reinaba, que por un instante tuvieron miedo de adentrarse en el interior.

Luego se acercaron a la puerta y espiaron en el interior. Vieron una pieza en cuyo piso, sin pavimento, crecía la hierba y con las paredes sin revocar, una chimenea destrozada, las ventanas sin cierres y una escalera en ruinas. Por todas partes, telarañas colgando.

Entraron de puntillas, latiéndoles los corazones con fuerza, y hablando en voz baja, aguzado el oído para sorprender el menor ruido y con los músculos tensos para emprender la huida al menor asomo de peligro.

Poco a poco la familiaridad atenuó sus temores y pudieron examinar cuidadosamente el lugar, sorprendidos por su propia audacia. Quisieron revisar el piso superior. Subir era cortarse la retirada, pero se decidieron a hacerlo. Tiraron las herramientas al suelo y subieron.

Arriba había las mismas señales de abandono y ruina. En un rincón había un viejo lecho que les pareció misterioso, pero pronto quedaron defraudados: allí no había nada. Se disponían a bajar cuando...

—¡Chist! —dijo Tom.

—¿Qué ocurre? ¡Dios mío, corramos!

—¡Quédate quieto, Huck! No te muevas. Vienen hacia la puerta.

Se echaron al suelo y esperaron, en una agonía de espanto.

—Se pararon... No, vienen... Ahí están. No hables, Huck. ¡Dios mío, quién estuviera lejos de aquí!

Dos hombres entraron.

Cada uno de los chicos se dijo para sí:

—Es el viejo español sordomudo que anduvo por el pueblo días pasados. Al otro no lo conozco.

El otro era un ser harapiento y sucio, de aspecto repelente. El español estaba envuelto en una capa. Tenía una gran barba blanca y también largos cabellos que salían de debajo de un sombrero y usaba anteojos verdes.

Cuando entraron, «el otro» hablaba en voz baja. Se sentaron en el suelo, mirando a la puerta y dando la espalda a la pared, y el hombre continuó hablando. Poco a poco sus gestos se hicieron menos cautelosos y más comprensibles sus palabras.

—No, no me gusta el asunto. Lo pensé bien y no me gusta. Es peligroso.

—¡Peligroso! —gruñó el viejo español, al que hasta entonces habían creído todos sordomudo—. ¡Cobarde!

Su voz dejó a los chicos atónitos y temblando de espanto. ¡Era la voz de Joe *el Indio*!

Hubo una pausa, luego Joe dijo:

—Es tan peligroso como el otro golpe, y sin embargo no pasó nada.

—Esto es distinto. Tan aislado y sin ninguna casa cerca, nunca se podría saber que lo habíamos intentado si nos fallaba el golpe.

—Bueno, después de todo, ¿hay acaso algo más peligroso que venir aquí en pleno día? Cualquiera que nos viera sospecharía de nosotros.

—Ya lo sé. Pero no había otro lugar mejor después de aquel tonto golpe. Yo quiero irme de aquí. Pero no podía asomar las narices por culpa de esos condenados chicos que estaban jugando allí arriba, frente por frente.

Los chicos se estremecieron al oír aquellas palabras, y pensando en la suerte que habían tenido el día anterior al recordar que era viernes y no intentar buscar tesoros. ¡Como lamentaban ahora no haberlo dejado para el año próximo! Los dos hombres sacaron algunas provisiones y se pusieron a comer. Luego de una larga espera, Joe *el Indio* dijo:

—Escucha, compañero: tú regresas al pueblo. Esperas allí hasta que yo llegue. Yo por mi parte me arriesgaré a dar otra vuelta por el pueblo para echar una mirada por allí. Daremos el golpe después de que yo haya inspeccionado un poco, y si las cosas se presentan favorablemente, ¡luego, a Tejas! Haremos juntos el camino.

Eso parecía aceptable. Al rato ambos hombres comenzaron a bostezar y el indio dijo:

—Tengo mucho sueño. Hoy te toca velar a ti.

Se acurrucó entre las hierbas y a los pocos instantes estaba roncando. Luego el centinela comenzó a cabecear, bajando la testa cada vez más y al rato eran dos a roncar.

Los chicos respiraron aliviados.

—Ésta es la nuestra —murmuró Tom—. ¡Vamos!

—No puedo —respondió Huck—. Me caería muerto si se despertaran.

Tom insistió, pero Huck no se resolvía. Finalmente, Tom se levantó y tomando toda clase de precauciones, se puso a andar. Pero al primer paso que dio el pavimento crujió de tal manera que volvió a tenderse en el suelo, temblando de miedo. No se atrevió a repetir la intentona.

Allí quedaron, contando los minutos hasta parecerles que el tiempo se había detenido y que la eternidad iba envejeciendo. Al poco tiempo se dieron cuenta de que el sol se estaba poniendo.

En ese instante uno de los ronquidos cesó. Joe *el Indio* se sentó y dirigió una sonrisa hacia su compañero. Le empujó con el pie, diciendo:

—¡Vaya centinela que estás hecho! Pero no importa, no ha pasado nada.

—Diablos, sí que me había quedado dormido.

—Es hora de ponerse en marcha. ¿Qué haremos con el poco de pasta que nos queda?

—No sé, creo que lo mejor será dejarla aquí como siempre. De nada nos servirá llevarla con nosotros hasta que salgamos para el Sur. Seiscientos cincuenta dólares en plata pesan lo suyo.

—Bueno, de acuerdo. Volveremos después a buscarlos.

—Vendremos de noche, como hacíamos antes. Es mejor.

—Sí, pero, mira: puede pasar mucho tiempo antes de que se presente una buena oportunidad para aquel golpe. Puede ocurrir algún accidente porque el lugar no es muy bueno. Vamos a enterrarlos bien hondo.

—Buena idea —respondió el otro. Y cruzando la habitación se arrodilló en el suelo, levantó una de las losas del fogón y sacó una bolsa que tintineaba.

Extrajo de ella veinte o treinta dólares para él y otros tantos para Joe y entregó la bolsa a éste, que estaba arrodillado en un rincón, haciendo un agujero en el suelo con un cuchillo.

En un instante los chicos se olvidaron de todos sus temores y angustias. Con ojos ávidos seguían los menores movimientos del hombre. ¡Sería posible! Seiscientos dólares era una cantidad de dinero como para hacer ricos a media docena de muchachos. Eso significaba que la caza de tesoros había dado sus frutos.

De pronto el cuchillo de Joe tropezó con algo.

—¡Anda! —dijo—. ¿Qué es esto?

—¿Qué ocurre? —preguntó su compañero.

—Una tabla medio podrida. No... es una caja. Ayúdame y veremos lo que hay en ella. No, no hace falta, ya le hice un agujero.

Metió la mano en ella y la retiró de inmediato.

—¡Es plata! ¡Diablos!

Los dos examinaron el puñado de monedas. No eran de plata, sino de oro. Tan excitados estaban ellos como los dos que desde arriba y a través de una grieta del suelo los observaban.

Los dos bandidos examinaron las monedas. El compañero de Joe dijo:

—Esto lo arreglamos enseguida. Ahí, en el rincón, junto a la chimenea hay un pico.

Fue rápidamente y volvió con la herramienta. El indio Joe tomó el pico y comenzó a cavar.

Pronto desenterró la caja. No era muy grande, y estaba reforzada con herrajes, y debía haber sido muy fuerte, antes de que el paso de los años la pudriera. Los dos hombres contemplaron el tesoro en silencio.

—Aquí hay miles de dólares —dijo el indio.

—Siempre se dijo que los de la banda de Murrel anduvieron por aquí —hizo notar el otro.

—Lo sé —respondió Joe—. Esto debe ser su botín, seguro.

—En ese caso ahora no hay necesidad de dar el golpe.

El mestizo frunció el ceño.

—Tú no me conoces. No se trata solamente de un robo, sino de una venganza —y en sus pupilas brillaba la ferocidad—. Necesitaré tu ayuda. Cuando esté hecho, entonces iremos a Tejas. Vete a tu casa y estate listo para cuando te avise.

—Bueno. ¿qué haremos con esto? ¿Volver a enterrarlo?

—Creo que será lo mejor.

En el piso superior los dos chicos se apretaron las manos mutuamente.

—No, de ninguna manera.

Gran desencanto en lo alto.

—Ya no me acordaba. Este pico tiene pegada tierra fresca.

Terror en los muchachos.

—¿Por qué estaban aquí esa pala y ese pico? ¿Quién los trajo y dónde está su dueño? ¿Enterrarlo aquí y que vuelva y vea el piso removido? No, lo llevaremos a mi escondrijo.

—Muy bien, pero podíamos haberlo pensado antes. ¿Crees que en el número uno?

—No, en el número dos, debajo de la cruz. El otro lugar es demasiado conocido.

—Bien, creo que ya podemos irnos. Está bastante oscuro.

Joe se acercó a la ventana, observó un rato el exterior y luego añadió:

—¿Quién habrá traído esas herramientas? ¿Crees que podrían estar arriba?

Los chicos se quedaron sin aliento. Joe puso la mano sobre el cuchillo y se detuvo un instante, indeciso. Luego dio media vuelta y se dirigió a la escalera. Los chicos pensaron en el lecho, pero se habían quedado sin fuerzas ni para moverse. Los pasos hacían crujir los escalones...

La angustia reanimó sus muertas energías y ya estaban a punto de ocultarse bajo la cama cuando se oyó un ruido y luego el derrumbamiento de maderas podridas. Joe acababa de caer entre las ruinas de las escaleras, cuyas maderas no habían resistido su peso. Se levantó soltando atroces juramentos y su compañero le dijo:

—¿Para qué sirve todo esto? Si arriba hay alguien, arriba se quedará. ¿Qué nos importa? Dentro de poco será de noche. Creo que el que dejó esas herramientas aquí, huyó tomándonos por fantasmas. Apuesto a que aún sigue corriendo.

Joe gruñó sordamente durante un rato, y luego asintió. La poca claridad que quedaba debía ser aprovechada para preparar la partida. Un rato después se deslizaron fuera de la casa, y se dirigieron hacia el río con su preciosa caja.

Los chicos se pusieron en pie, desfallecidos, pero tranquilizados, y los siguieron con la mirada entre los troncos que formaban la pared. ¿Seguirles? No tenían la menor intención de hacerlo.

Se conformaron con bajar nuevamente a tierra firme sin romperse la cabeza y tomaron el camino que conducía al pueblo por encima del monte.

Hablaron poco. Estaban demasiado ocupados en maldecirse a sí mismos y la mala suerte que les había hecho dejar aquellas herramientas en el piso bajo de la casa. De no ser por eso, el indio no hubiera entrado jamás en sospechas. Habría escondido allí el oro y la plata, hasta que satisfecha su venganza volviera a recogerlo... para no encontrarlo.

Resolvieron permanecer en acecho para cuando el falso español volviera al pueblo buscando la oportunidad para llevar a cabo sus propósitos de venganza y seguirlo hasta el escondrijo «número dos», fuera lo que fuera lo que eso significase.

Luego a Tom se le ocurrió una idea siniestra.

—¿Venganza? ¿Y si fuera vengarse de nosotros, Huck?

—No digas eso —respondió su compañero a punto de desmayarse.

Discutieron el asunto y cuando llegaron al pueblo se habían puesto de acuerdo en considerar que seguramente la venganza no iría dirigida a ellos, sino a cualquier otro. O a menos, lo que no era muy tranquilizador, que se refiriera solamente a Tom, que era el único que había prestado declaración ante el tribunal.

Tom quedó tan obsesionado por la aventura, que esa noche durmió muy mal y con pesadillas. Varias veces tuvo en sus manos el tesoro y otras tantas se le escapó de entre los dedos. Cuando ya despierto, en las primeras horas de la madrugada recordó los detalles, le parecieron muy lejanos y difuminados, como si hubieran sucedido hace mucho tiempo.

Se consoló pensando que la cantidad de dinero que había entrevisto no podía ser real, ya que él no había visto nunca ni cincuenta dólares juntos.

Después de desayunar resolvió ir a buscar a Huck. Lo encontró sentado en la borda de una chalana, chapoteando con los pies en el agua, sumido al parecer en profundas y melancólicas meditaciones.

—¡Hola, Huck!

—Hola, Tom.

Unos minutos de silencio.

—Tom, si hubiéramos dejado las malditas herramientas en el árbol, a estas horas seríamos ricos. ¡Maldita sea!

—Entonces —dijo tristemente Tom—, no fue un sueño.

—Claro que no fue un sueño. Si no se hubiera roto la escalera ya hubieras visto sueños. Demasiadas pesadillas tuve toda la noche con ese viejo corriendo detrás de mí. ¡Ojalá lo ahorquen!

—No, ahorcarlo, no. Encontrarlo y averiguar dónde está el dinero.

—Tom, no lo encontraremos. Una oportunidad de encontrar un tesoro como ése sólo se presenta una vez, y nosotros la hemos perdido. Por otra parte, sólo de pensar en ese hombre se me abren las carnes.

—A mí me sucede lo mismo, pero a pesar de todo quisiera verlo y seguirlo hasta encontrar el «número dos».

—Estuve pensando en eso. ¿Qué supones que significará?

—No lo sé. ¿Quizá el número de una casa?

—Creo que no, Tom. Si lo fuera no sería en este poblacho. Aquí las casas no tienen número.

—Es cierto. Deja que piense un poco. Quizá el número de un cuarto en una hostería.

—Pudiera ser. Aquí hay solamente dos hoteles. Vamos a averiguarlo enseguida.

—Espérame aquí, Huck.

Tom se alejó. No le agradaba la idea de que le vieran con Huck en un sitio público. Tardó media hora en regresar. Había averiguado que en la mejor hostería la habitación número dos estaba ocupada por un joven abogado. En la otra, el número dos era un misterio. El hijo del dueño le dijo que esa pieza estaba siempre cerrada y que nunca había visto a nadie salir o entrar en ella a no ser de noche. A veces le había picado la curiosidad, pero se conformó con pensar que la habitación estaba embrujada o algo por el estilo: la noche anterior había visto luz en ella.

—Eso es lo que descubrí. Creo que ése es el «número dos» que estamos buscando.

—Y, ¿qué vamos a hacer?

—Deja que piense un poco.

Tom meditó un rato.

—Te lo diré: la puerta trasera de esa habitación es la que da a la callejuela sin salida que hay entre el hotel y ese almacén de ladrillos. Ahora reunirás todas las llaves de puerta que puedas encontrar y yo haré otro tanto, y en la primera noche oscura iremos allí y las probaremos. Y no dejes de vigilar a Joe, ya que dijo que iba a volver para llevar a cabo su venganza. Si lo ves, síguelo, y si no va al «número dos» es que ése no es el lugar.

—Diablos, no me gusta mucho eso de seguirle solo.

—Sin duda será de noche. Ni siquiera te verá. Y si llega a verte es posible que no piense nada malo.

—Bueno, tal vez si está muy oscuro me atreveré a hacerlo, Tom.

—Piensa que tal vez se dé cuenta de que no puede vengarse y se vaya directamente a buscar el dinero.

—Es posible. Bueno, lo seguiré.

—No hay que acobardarse, Huck.

Capítulo XIV

Esa noche nuestros amigos se prepararon para la arriesgada empresa. Rondaron por las inmediaciones del hotel hasta después de las nueve, vigilando cada uno de ellos una puerta. Nadie pasó por la callejuela ni salió por allí. Nadie que se pareciera al español cruzó la puerta.

Al día siguiente no tuvieron mejor suerte y tampoco al otro. Pero la noche del jueves se mostró favorable. Tom salió en el momento oportuno, llevando una linterna y una toalla para envolverla. Ocultó la linterna en el barril de Huck y comenzaron la guardia. Una hora antes de las doce, la taberna se cerró y sus luces se apagaron. El español no había sido visto, ni nadie había pasado por la callejuela.

Tom sacó la linterna, la encendió dentro del barril, la envolvió en la toalla y lo dos se dirigieron al hotel. Huck permaneció vigilando y Tom entró en la callejuela. Hubo un intervalo de angustiosa espera que pesaba como una losa sobre Huck. Deseaba que se viera algún destello de la linterna, porque, aunque eso lo alarmaría, al menos sería señal de que Tom estaba vivo.

Le parecía que habían transcurrido horas. ¿Se habría desmayado Tom? Tal vez incluso podría estar muerto. Lleno de ansiedad, Huck se iba aproximando al callejón.

De pronto hubo un estallido de luz y Tom pasó junto a él corriendo como una exhalación.

—¡Corre! ¡Sálvate!

No tuvo que repetirlo. A razón de lo menos treinta kilómetros por hora corrieron, y no se detuvieron hasta llegar al cobertizo de un matadero abandonado, en las afueras del pueblo. A los pocos instantes estalló una tormenta y comenzó a llover copiosamente. Tan pronto como pudo hablar, Tom le explicó lo sucedido.

—¡Huck, fue terrible! Probé dos llaves con la mayor suavidad que pude, pero hacían tanto ruido que casi me morí del susto. No daban vueltas en la cerradura. ¡De pronto agarré el picaporte y... se abrió! No estaba cerrada. Entré de puntillas y por poco piso la mano de Joe, que estaba en el suelo, durmiendo como un leño, con el parche en el ojo y los brazos abiertos.

—¡Yo me hubiera muerto del susto! ¿Y qué hizo? ¿Se despertó?

—No se movió. Estaba borracho, a su lado había un vaso y una botella. No hice más que recoger la toalla y salir corriendo.

—Yo nunca me hubiera acordado de la toalla.

—Yo sí. No conoces a tía Polly.

—¿Viste la caja?

—No tuve tiempo de mirar. No vi la caja ni la cruz.

—Pues era la única oportunidad de apoderarnos del tesoro. Pero, qué digo, podemos hacerlo ahora. Si Joe está borracho...

—Pues prueba tú, porque yo, no.

Huck se estremeció.

—Tienes razón. Una sola botella no será bastante para Joe.

Meditaron y finalmente Tom dijo:

—Mira Huck, lo mejor será no hacer nada hasta que sepamos que Joe no está allí. Pero si vigilamos todas las noches, alguna lo veremos salir, y entonces iremos por la caja.

—De acuerdo. Yo vigilaré todas las noches, si tú haces la otra parte del trabajo, Tom.

—Lo haré. Todo lo que tienes que hacer es ir hasta mi casa y maullar. Entonces salgo enseguida.

—Y ahora vámonos a casa. Vigilaré todas las noches. Dormiré de día y por la noche montaré la guardia.

—Muy bien. Y en cuanto ocurra lo que esperamos, corre a mi casa y maúlla.

Y se separaron.

* * *

En la mañana del viernes, Tom se enteró de una alegre noticia: la familia Thatcher había regresado al pueblo.

El indio Joe y el tesoro quedaron relegados a segundo término, y Becky ocupó el lugar de preferencia en el interés del muchacho. La vio y jugaron hasta cansarse al escondite y a las cuatro esquinas. Becky había conseguido de su madre que la merienda campestre tuviera lugar al día siguiente, y ambos estaban encantados.

Esa noche no hubo ninguna señal de Huck.

Finalmente llegó la mañana. A las diez, una ruidosa compañía estaba reunida en casa del juez y todo estaba listo para emprender la marcha. Las personas mayores no asistirían y solamente algunas señoritas de dieciocho años y unos caballeretes de veinte vigilarían a los pequeños. La vieja embarcación que servía para cruzar el río había sido alquilada para la ocasión. Afortunadamente Sid estaba enfermo y Mary se quedó para cuidarlo.

La señora Thatcher advirtió a Becky que, como volverían tarde, podría dormir en casa de alguna amiguita, y Becky dijo que lo haría en casa de Susana Harper, la hermana de Joe.

Poco después, ya en marcha, Tom dijo a su amiga:

—Te diré lo que haremos. En vez de ir a casa de Joe Harper iremos al monte, a casa de la viuda Douglas. Siempre tiene helado y estoy seguro de que le encantará darnos alguno.

—Será muy divertido, Tom, pero, ¿qué dirá mamá?

—No lo sabrá, por supuesto.

—Me parece bien, pero...

—¡Nada, nada! Tu madre no sabrá nada y además, ¿qué mal hay en ello? Ella quiere que estés en lugar seguro y apuesto a que te hubiera propuesto lo mismo de habérsele ocurrido.

La insistencia de Tom y la seguridad de que la viuda no se opondría, vencieron las últimas resistencias de Becky. Tom pensó que quizá aquella noche pudiera ir Huck a maullar bajo su ventana. Pero a pesar de todo no renunció a su idea. Además, si la noche anterior no había habido ninguna señal, ¿por qué habría de haberla ésta? El placer anticipado era superior a cualquier hipotético tesoro.

Cinco o seis kilómetros más abajo, el barco se detuvo a la entrada de una frondosa ensenada y echó amarras. Los pasajeros bajaron a tierra y pronto la espesura del bosque y los peñascales resonaron con los gritos y las risas infantiles. Luego, los excursionistas fueron volviendo al punto de reunión, armados con un apetito formidable.

Terminado el banquete, hubo un rato de conversación y descanso bajo los robles.

Finalmente alguien propuso:

—¿Quién viene a la cueva?

Todos querían ir. Se buscaron velas y enseguida todos se pusieron en marcha hacia el monte.

La boca de la cueva se hallaba en la ladera y era una abertura en forma de «A». La gran puerta de roble estaba abierta. Dentro había una pequeña cavidad construida por la naturaleza con sólidos muros de roca que transpiraban humedad.

Cuando alguien encendía una vela, todos se lanzaban hacia ella, había una escaramuza hasta que la bujía caía al suelo y se apagaba. Luego la procesión comenzó a subir la abrupta cuesta de la galería principal, y la fila de luces permitía entrever los muros de roca, casi hasta el punto donde se juntaban, a unos setenta pies de altura.

La cueva de Mac Dougall no era sino un vasto laberinto de galerías que se separaban, se volvían a encontrar, y que no conducían a ninguna parte.

La leyenda afirmaba que se podía vagar durante días y noches por la red de grietas y fisuras sin llegar nunca al final de la cueva, y que se podía bajar hasta las profundidades de la tierra. La mayor parte de los muchachos conocían parte de ella, y no acostumbraban a aventurarse más allá del terreno conocido.

Avanzaron por la galería principal unos tres cuartos de milla y luego grupos y parejas se fueron internando en las cavernas laterales, correteando por ellas para sorprenderse unos a otros cuando las galerías volvían a unirse.

Lentamente, grupo tras grupo fue regresando a la boca de la cueva, sin aliento, cansados y cubiertos por las gotas de sebo de las velas. El tiempo había transcurrido tran aprisa que se sorprendieron de ver que ya casi era de noche. Hacía media hora que la campana del barco estaba llamando.

* * *

Huck ya estaba en su puesto cuando las luces del vapor pasaron junto al muelle. Se preguntaba qué barco sería ése y por qué no atracaba en el muelle. La noche aparecía encapotada y muy oscura. Sonaron las diez y la población apagó las luces. La oscuridad lo invadió todo. Huck esperó aún. Quizá no valdría la pena esperar más. ¿No sería mejor irse a dormir?

De pronto oyó un ruido. Prestó atención. La puerta de la callejuela se abrió silenciosamente. De un salto se puso en la pared del almacén de ladrillos.

Un instante después dos hombres pasaron a su lado, casi rozándolo y uno de ellos llevaba algo bajo el brazo. ¡La caja! No valía la pena llamar a Tom, porque ambos desaparecerían con su botín. No, iba a seguirlos él solo. Salió de su escondite como un gato, con sus pies desnudos, dejándoles la delantera suficiente como para no perderlos de vista.

No tardaron en internarse en las laderas del monte Cardiff.

—Sin duda irán a la cantera abandonada —pensó Huck.

Pero no, se dirigían hacia la casa de la viuda Douglas. En ese momento Huck oyó la voz de Joe.

—Maldita sea, en la casa hay gente todavía.

—Joe, no pensarás en matarla de verdad —dijo el otro hombre.

—A las mujeres no se las mata. Su marido me hizo azotar como si fuera un negro, y si estuviera vivo lo cortaría en pedazos, pero a su mujer me limitaré a marcarle la cara y la cortaré las orejas.

Huck lo entendió todo. La venganza no iba dirigida a Tom ni a él, sino a la viuda Douglas. Sin pensarlo más dio la vuelta y corriendo, aunque procurando no hacer demasiado ruido, llegó a la cantera. Junto a ésta estaba la casa del galés. Huck llamó a la puerta varias veces. La puerta se abrió y el galés apareció en ella, junto con sus dos hijos.

—¿Tú? ¿Qué quieres?

—¡Por favor, no digan que soy yo quien les avisó, porque me matará, pero el indio Joe está en el bosque y piensa matar a la señora Douglas!

—¿Cómo? ¿El indio? Muchachos, vamos allá. Tomad las armas y vamos a buscar a ese maldito asesino.

Un momento después los tres se internaban en el bosque, y Huck corría monte abajo.

En la madrugada del domingo, Huck volvió a subir y llamó a la puerta del galés. Éste le abrió.

—Bien, muchacho. Eres listo, y te mereces un premio. Pasa y desayunarás con nosotros.

Y mientras desayunaba le explicaron que habían entrado en el bosque hasta que oyeron ruido, y entonces dispararon, pero los bandidos habían logrado escapar. No obstante, habían bajado al pueblo y un buen número de hombres estaban dando una batida para tratar hallarlos. Luego le preguntaron cómo había logrado conocer sus siniestros propósitos.

Huck les contó parte de la historia, pero por supuesto nada de lo del tesoro, ni de las investigaciones de Tom y suyas. Sólo que había estado en el almacén de ladrillos cuando vio salir a dos hombres con algo oculto. Pensando que eran ladrones los siguió y les vio las caras. Pudo comprobar que el galés no creía del todo su historia. No obstante, el hombre dijo:

—Muchacho, ya sé que ocultas algo, pero no me importa. Has sido estupendo y has hecho lo que debías.

Terminaba de desayunar cuando varias señoras entraron, acompañadas de algunos caballeros. Se trataba de la viuda Douglas y sus amigos. El viejo les relató lo sucedido, y la parte que en ello había tenido Huckleberry Finn. La viuda le abrazó, dándole las gracias y diciéndole que a partir de entonces no le faltaría nada. Huck estaba tan sorprendido que apenas podía hablar.

* * *

Durante las vacaciones, la escuela dominical no funcionaba, pero la gente del pueblo se reunió en la iglesia. La señora Thatcher se dirigió a la señora Harper y le preguntó si Becky estaba aún durmiendo. La señora Harper se sorprendió.

—¿Becky? Pero si no está en casa.

La señora Thatcher palideció y se dejó caer en un banco. En ese momento apareció la tía Polly preguntando si alguien había visto a Tom. No había dormido en casa y pensaba darle una buena paliza tan pronto como le echase la vista encima.

Fue entonces cuando se enteró de que tampoco Becky aparecía. La gente se detuvo para escuchar. Inmediatamente se interrogó a los niños, pero ninguno recordaba haber visto a Becky y a Tom en el viaje de vuelta en el barco. Era muy difícil, porque había tanta gente...

Pronto cundió la alarma en el pueblo y no habían pasado cinco minutos cuando las campanas comenzaron a tocar a voleo. La señora Thatcher se desmayó y la tía Polly estalló en sollozos. Nadie parecía haber visto salir de la cueva a la pareja de niños.

Lo sucedido en el monte Cardiff fue olvidado. Se ensillaron caballos, se tripularon botes y antes de media hora doscientos hombres recorrían el camino que conducía a la cueva.

Todo el mundo estaba impaciente, esperando noticias. Pero las únicas que había eran las de los hombres que volvían para llevarse más velas. La señora Thatcher y la tía Polly estaban como enloquecidas.

Por la tarde comenzaron a llegar algunos hombres al pueblo. Se estaba registrando la cueva, hasta lugares que jamás habían sido explorados antes. No había recoveco ni grieta que no se hubiera examinado minuciosamente. Los hombres gritaban a intervalos y disparaban sus armas. En cierto lugar habían descubierto los nombres de Tom y Becky escritos sobre la roca con humo de las velas y cerca de allí una cinta manchada de sebo y que la señora Thatcher reconoció como perteneciente a su hija.

Pasaron tres días con sus correspondientes noches, lentos, abrumadores, y el pueblo fue cayendo en un sopor sin esperanza. Nadie tenía deseos de nada.

Y, ¿qué era de Huck, mientras tanto? Huck estaba enfermo, en casa de la viuda Douglas, sumido en un sopor febril del cual a veces se escapaban palabras apenas con sentido. Por ejemplo: habló de la hostería, pero ésta había sido cerrada al encontrarse en ella botellas, a pesar de que tenía prohibido vender bebidas alcohólicas.

En un momento de lucidez, Huck comprendió que el tesoro no había sido encontrado y preguntó por Tom. Pero la viuda Douglas que lo cuidaba amorosamente, no quiso decirle que Tom había desaparecido. Luego cayó de nuevo en su sopor. La fiebre lo mantenía atontado y de vez en cuando deliraba.

Capítulo XV

Regresemos ahora a la cueva para ver qué ha sido de Tom y de Becky. Habían corrido como todos por los subterráneos y galerías, levantando de vez en cuando la vela para ver los nombres escritos en las paredes. Estaban tan entretenidos que no se dieron cuenta de que hacía mucho rato que no oían a los demás. Y poco después se percataron de que las paredes estaban inmaculadas. Nadie había pasado por allí.

Pero no le dieron todavía mucha importancia hasta que penetraron en una gran caverna de la que se levantaron, a la luz de la vela, formas siniestras, enormes bandadas de murciélagos, y Tom sabía que esos animales pueden ser peligrosos. Así que echaron a correr, perseguidos por los asquerosos animales, hasta llegar a una galería que se extendía en la distancia. El silencio era completo.

—No oímos a los demás —dijo la niña en un susurro.

—Tal vez estén más altos que nosotros, Becky. Tienes razón, me parece que hace ya mucho tiempo que estamos aquí.

—Debemos regresar.

—Lo malo son los murciélagos. Si nos apagan las velas...

—¿Te acuerdas del camino?

—Pues... creo que lo encontraré —pero Tom había perdido un poco de su arrogancia. La verdad es que no se acordaba del camino.

Siguieron la galería, pero no hallaron huellas de que nadie hubiera pasado por allí. Becky comenzó a asustarse.

—Tom, no importan los murciélagos. Volvamos por donde vinimos, por favor.

Tom lanzó un grito, que despertó unos ecos que se repetían unos a otros.

—No grites —dijo la niña—. Es horrible.

—Sí, pero así tal vez nos oigan.

Aguzaron los oídos, pero nadie respondió. Poco después la niña se dio cuenta de que Tom caminaba con indecisión. Una terrible sospecha la asaltó.

—Tom, no hicistes ninguna señal, ¿verdad?

—No, Becky, no quiero engañarte. Creo que fui un tonto.

—¡Nos hemos perdido, entonces!

Se dejó caer al suelo y se puso a llorar. Tom se arrodilló junto a ella, tratando de calmarla y diciéndole que tuviera confianza en él, y echándose la culpa de todo por haberla llevado hasta allí. Eso pareció devolver un poco el valor a la niña, que prometió seguirlo.

Emprendieron la marcha al azar. Era lo único que podían hacer, caminar y caminar incansablemente. Un rato después Tom apagó la vela de Becky para ahorrar luz. Él tenía una vela entera y trozos sueltos en los bolsillos, pero el hecho de apagarla produjo nueva angustia a la muchachita.

Luego el cansancio comenzó a hacerse sentir, y finalmente las piernas de la niña se negaron a sostenerla. Se sentó en el suelo y Tom hizo lo mismo, a su lado. Becky lloraba amargamente. Hablaron del pueblo y de sus amigos, de las cómodas camas y sobre todo de la luz. Tom lo hacía tratando de consolarla, pero fue inútil. Por último se quedó dormida, agotada.

Tom se alegró de ello y permaneció mucho tiempo contemplando el rostro de la niña, dolorosamente contraído, aunque a medida que el sueño se hacía más profundo, su semblante iba recobrando cierta placidez.

Cuando despertó, volvió a contraer sus rasgos la sensación de angustia.

—¿Cómo pude dormirme? —preguntó—. Ojalá no hubiera despertado nunca.

—Es mejor que hayas descansado, Becky. Ahora, no te preocupes, encontraremos el camino.

Se levantaron y nuevamente emprendieron la marcha, desalentados según pasaba el tiempo. Ignoraban las horas que llevaban encerrados en la cueva, pero les parecían semanas enteras, aunque sabían que no, porque la vela aún no se había consumido.

Tom dijo que debían procurar andar sin hacer ruido para oír el rumor del agua, pues era necesario encontrar un manantial. Al rato encontraron uno y después de beber descansaron un rato. La niña declaró que podría caminar aún un poco, pero Tom decidió que debían descansar aún más y fijó la vela en un resalte de la pared.

—Tom, tengo mucha hambre.

Tom sacó algo sucio del bolsillo.

—¿Lo recuerdas? Un trozo de tarta. Lo dejé en la merienda para... para que fuera como nuestro pastel de boda.

La niña comió su trozo, pero Tom reservó el suyo. Becky dijo que tenían que seguir. Tom lo pensó unos instantes y luego dijo:

—Becky, ¿tienes valor para recibir una noticia?

La niña palideció, pero dijo que sí.

—Bueno, pues tenemos que quedarnos aquí, donde hay agua. Ese cabito es lo único que nos queda de las velas.

Becky estalló en sollozos.

—No te preocupes, Becky, habrán notado nuestra ausencia y vendrán a buscarnos. Es más, estoy seguro de que están buscándonos.

—¿Cuándo habrán notado nuestra ausencia?

—En el barco, seguramente.

—Pero, Tom, mi madre no sabrá que me he perdido, ya que no tenía que dormir en casa —y se echó a llorar de nuevo.

Tom no tenía nada que decir a aquello. Miraron al cabito de vela y vieron cómo se iba consumiendo. El pábilo se alargó, dando un poco más de luz, pero ya no tenía cera para arder. Un momento después estaban en la más terrible de las oscuridades.

No supieron cuánto tiempo pasó, hasta que la niña se encontró llorando en brazos de Tom. Habían pasado una incierta cantidad de tiempo amodorrados en un sopor de terror y de infelicidad. Tom se puso en pie y gritó, pero los ecos le devolvían unos sonidos tan espantosos que no se atrevió a repetir el intento.

Pasado un tiempo, Tom dijo:

—Escucha, ¿no oyes?

Retuvieron el aliento y escucharon. A lo lejos se oía algo parecido a un grito remoto.

—¡Son ellos, Tom! ¡Vienen por nosotros! ¡Estamos salvados!

Enloquecidos de alegría, pero con cuidado para no caer en un agujero o en una sima, avanzaron. Al cabo de un poco de tiempo llegaron a uno de ellos, cuyo fondo no pudo tocar Tom aunque se inclinó y alargó la mano. Los gritos, si es que lo eran, se oían ahora mucho más lejanos. Como no podían seguir hacia adelante, volvieron de nuevo en dirección al manantial, donde el tiempo volvió a pasar interminablemente.

De pronto a Tom se le ocurrió una idea. En las cercanías había algunas galerías. Era mejor explorarlas que permanecer inactivos. Sacó del bolsillo un trozo de cuerda, bastante largo, lo ató a un saliente de la roca y Becky y él avanzaron, desenrrollando el hilo.

A los veinte pasos la galería terminaba en un corte vertical. Tom alargó la mano hacia el fondo, pero no lo tocó. Se movieron lateralmente para ver si había algún paso y en ese momento...

¡En ese momento, y a menos de veinte pasos, apareció una mano sosteniendo una vela! ¡Tras la mano un cuerpo y una cara, y ésa era la cara del indio Joe! Tom quedó paralizado y lanzó un grito, pero el falso español salió corriendo. ¡Sin duda no había reconocido la voz del muchacho, desfigurada por el eco! De lo contrario, cualquiera sabe lo que hubiera ocurrido.

No le dijo a Becky, que estaba un poco atrás, lo que había visto y le dijo que había gritado por casualidad.

El miedo y el hambre estaban acabando con sus reservas. Durmieron, volvieron a despertarse... Tom suponía que ya estarían a miércoles o jueves, pero no podía saberlo en aquella horrible oscuridad. Pensó explorar otra galería, ya que estaba resuelto a afrontar incluso al peligro de encontrarse con el indio Joe. En cambio Becky estaba cada vez más débil. Se hallaba sumida en una apatía que ni llorar le permitía, y dijo que no se movería de allí hasta que la muerte viniera a llevársela.

Tom hizo algunas exploraciones por su cuenta, siempre siguiendo el curso del hilo, pero más tarde o más temprano volvía para sujetar la mano de su amiguita y tratar de consolarla, lo cual cada vez le resultaba más fácil por la apatía de la niña.

Tom se decidió a seguir la exploración, pasara lo que pasara. Era la única manera de salir de la cueva y él sí que no estaba dispuesto a morir sin hacer nada.

Valerosamente, y tras de decirle a Becky que volvería, se lanzó a la aventura.

* * *

Pasó la tarde del martes y llegó el crepúsculo. En el pequeño pueblo reinaba un fúnebre recogimiento. Nada se sabía de los chicos extraviados y muchos hombres habían abandonado la búsqueda, desalentados. Sólo el juez Thatcher y un grupo de vecinos persistían en sus exploraciones.

Cuando de pronto, pasada la media noche, la noticia se extendió como un reguero. Un momento después todo el pueblo estaba en la calle.

—¡Los han encontrado! ¡Ya vienen!

Sartenes y cuernos se unieron a la algarabía. Las luces de todo el pueblo se encendieron. Los vecinos, en grupos, se dirigieron hacia el río, donde hallaron a los dos niños que llegaban en un coche descubierto, arrastrado por una multitud.

La alegría de la tía Polly no es para ser descrita. La señora Thatcher recogió a su hija, casi sin fuerzas siquiera para abrazarla. Inmediatamente un grupo de hombres partió hacia la cueva para dar la noticia al juez Thatcher, lo que no pudieron hacer hasta casi la madrugada.

Mientras tanto, Tom yacía en su cama. Los efectos de tres noches y tres días sin comer, y el miedo que habían pasado, no eran cosa baladí y el médico aconsejó, ordenó, que descansasen varios días y se alimentaran bien.

Pero antes, Tom tuvo que relatar cómo había logrado salir de la cueva. Tras de dejar a Becky, había recorrido dos galerías, hasta donde le permitió la longitud de la cuerda. Y estaba a punto de desistir y volver junto a la niña para morir juntos, cuando vio a la distancia un débil punto de luz. Volvió a donde Becky y le anunció lo que acababa de ver. Ella le respondió que estaba muy cansada, y que él le decía aquello para animarla.

Por último logró convencerla, y casi arrastrándola, la llevó al lugar desde el que se veía la luz. Se trataba de un agujero por el que apenas podían pasar los dos cuerpecillos, pero, ¿por dónde no hubieran pasado viendo la salvación tan cercana?

El agujero daba a una especie de ribazo, sobre el río Mississipi, y los niños, casi cegados por la luz a la que ya no estaban acostumbrados, lloraron al ver las aguas. Luego vieron a unos hombres en una barca y los llamaron con grandes gritos, hasta que los otros les oyeron. La sorpresa de los hombres al ver que se trataba de los perdidos no tenía límites: ¡estaban diez millas más abajo de la boca de la cueva y nadie conocía aquel agujero que comunicaba con ella!

Por último, y al cabo de dos días, Tom pudo levantarse un poco. Becky continuaba aún en la cama, por prescripción del médico. El sábado Tom ya estaba bien y sabiendo que Huck estaba enfermo, en la casa de la viuda Douglas, fue a verlo, pero no le dejaron entrar en la habitación del enfermo. La viuda Douglas velaba por su protegido como una leona por su cachorro.

Por fin, dos semanas después pudo ver a Huck, el cual ya conocía por la viuda las aventuras de Tom. Luego éste fue a ver a Becky, que ya se había repuesto, y los dos niños se dieron un fuerte abrazo, mientras el juez Thatcher los contemplaba con benevolencia.

Luego el juez dijo que ya nadie se podría perder en la cueva, ya que había ordenado condenar la entrada. Tom lo miró con los ojos muy abiertos y asustado:

—Pero... ¡señor Juez! ¡Dentro de la cueva está Joe *el Indio*!

No tardó mucho en abrirse la puerta de la cueva de nuevo. Y un espectáculo horroroso se ofreció a sus ojos: el indio Joe yacía allí, tendido, muerto, con las manos engarfiadas en un cuchillo con el que inútilmente había intentado, astilla por astilla, romper el cerco de la puerta para poder salir. El infeliz había muerto de hambre.

El mestizo fue enterrado cerca de la boca de la cueva. El día siguiente del entierro, Tom, fue a ver a Huck.

—Tom —dijo éste—, ¿quién fue el que se llevó el dinero del «número dos»? Supongo que no fuiste tú, ya que de hacerlo así, te habrías puesto en comunicación conmigo.

—Claro que no fui yo, Huck.

—Entonces, el que denunció al dueño del hotel por vender bebida fue el que encontró el dinero y se lo llevó. Ya no podremos ser ricos nunca, aunque la viuda Douglas dice que no me faltará nada a su lado.

—Huck —dijo Tom solemnemente—, el dinero nunca estuvo en el «número dos».

—Pues... ¿dónde...?

—En la cueva, Huck.

Los ojos de Huck brillaron.

—¿De veras?

—Te lo digo en serio. Yo sé dónde está el dinero en la cueva. Y podremos ir a buscarlo tan pronto como quieras.

—Pero, podemos perdernos.

—Esta vez no, Huck. Lo único que necesitamos son cuerdas y unas bolsas.

—Pero, ¿por dónde entraremos? La puerta está tapada de nuevo.

—Huck, el agujero por donde salimos Becky y yo. En cuanto quieras podemos ir a buscarlo.

Lo que hicieron, en efecto, al día siguiente. Con una barca fueron por el río hasta llegar al ribazo, diez millas más abajo. Tom señaló un punto en lo alto.

—¿Lo ves? Ahí está el agujero por el que salimos Becky y yo. Afortunadamente nadie sabe aún exactamente por dónde fue, ya que cuando nos encontraron estábamos ya fuera de la cueva. No tenemos más que trepar. Y no lo diremos a nadie. Formaremos una cuadrilla y nos dedicaremos a lo que pensábamos.

Penetraron en el agujero, tras trepar por el talud. Con gran trabajo llegaron al final del túnel. Luego ataron cuerdas y continuaron el camino. Por último llegaron al lugar cortado a pico.

En realidad se trataba de un declive de unos treinta metros. Tom levantó la vela todo cuanto pudo y dijo:

—Mira ahora, Huck. Al otro lado. Allí, en esa roca grande, pintada con humo...

—¡Una cruz!

—El «número dos» está debajo de la cruz, como dijo el indio. Allí mismo es donde vi al indio sacar la mano con la vela.

—Pero el espíritu de Joe puede estar rondando por aquí, Tom. Tengo miedo. Vámonos.

—No seas tonto. El espíritu de ese mestizo no puede rondar por donde hay una cruz. ¿No lo entiendes?

Tom fue el primero en bajar, excavando escalones en la arcilla. Cuatro galerías se abrían en la caverna, debajo de la roca grande. Exploraron tres sin encontrar nada, pero en la cuarta hallaron un hueco en el que había unas mantas viejas, restos de tocino y varios huesos de gallinas, además de fusiles y otras armas.

—Mira, aquí hay restos de vela, ¿ves? Apostaría a que está debajo de la roca.

El cuchillo de Huck entró en acción y pronto tocó algo duro. Era madera. Pronto quedaron al descubierto varias tablas, y debajo de ellas una cavidad, que siguieron durante unos metros, y allí... ¡allí, por fin, estaba la caja del tesoro!

Y dentro de ella las monedas. Pesaba casi veinte kilos y no podían levantarla, pero Tom dijo triunfante que para eso habían traído las bolsas.

—Ahora, Huck —dijo Tom, mientras llenaba las bolsas—, esconderemos el tesoro en el desván del depósito de la señora Douglas, y mañana lo encontraremos para hacer el reparto.

Salieron por el agujero de nuevo y volvieron hacia el monte Cardiff. Pero al pasar por la casa del galés, éste les salió al encuentro.

—Precisamente te estaba buscando, Huck, y a ti, Tom Sawyer.

—¿Por qué? —preguntó Huck siempre desconfiado, ya que le habían achacado muchas fechorías.

—Ah, eso lo sabréis después. Venid.

Los llevó a una habitación y les mostró unos trajes.

—Tenéis que ponéroslos, y luego iréis a casa de la viuda. Pero antes tenéis que lavaros bien. Allí os estarán esperando.

Y se retiró, dejándolos en la habitación.

Capítulo XVI

—Si tuviéramos una cuerda podríamos escapar —dijo Huck.

—¿Para qué quieres escapar?

—Porque no me acostumbro a esta vida. No puedo aguantarlo. No me dejan hacer nada de lo que me gusta y dicen que me tengo que portar como un caballero.

En ese momento apareció Sid.

—Tom, la tía está preguntando por ti. ¿Y qué haces con esa ropa manchada de sebo y de barro? Verás la que te van a dar.

—A ti qué te importa. Oye, ¿qué es lo que están preparando?

—Es una fiesta. El señor Jones quiere contar todo lo que hizo Huck, persiguiendo a los bandidos y demás. Para eso han preparado una fiesta. El señor Jones, el galés, cree que nadie sabe lo ocurrido, pero se va a llevar una sorpresa.

—Así que eres tú quien lo ha ido contando por ahí, ¿eh? Eres un idiota y un cobarde. Si hubieras estado en el lugar de Huck te habrías ensuciado en los pantalones. Él en cambio fue un valiente.

Y Tom le pegó un par de bofetadas.

Un rato después estaban sentados a la mesa, brillantemente iluminada, y el señor Jones contó a todo el mundo lo muy bien que se había portado Huck. Todos se admiraron mucho, pero se veía perfectamente que ya sabían cómo habían ocurrido las cosas.

La viuda declaró que tenía intención de cuidarse del porvenir de Huck y que le educaría para que luego, cuando fuera mayor, pudiera trabajar honradamente.

Era la ocasión y Tom no la desaprovechó.

—Huck no necesita trabajar —dijo.

Mucha gente comenzó a reírse, pero dejaron de hacerlo cuando Tom añadió:

—Huck tiene mucho dinero, aunque ustedes no lo crean. Y si esperan un poco podré demostrárselo.

Salió corriendo del comedor, y no tardó en volver, doblado bajo el peso de dos bolsas. Derramo un puñado de monedas sobre la mesa, diciendo:

—Ahí tienen. La mitad es de Huck y la otra mitad mía.

Estaban todos con la boca abierta, y Tom comenzó sus explicaciones, que duraron un buen rato. Cuando llegó el final, el señor Jones dijo:

—Yo creía tener preparada una sorpresa para esta ocasión, pero debo admitir que ésta se lleva la palma. Felicidades, muchachos.

Contaron el dinero: sumaba algo más de doce mil dólares. Ninguno de ellos había visto tanto dinero junto, aunque muchos de ellos tenían más bienes inmuebles.

La fortuna de los muchachos conmovió al tranquilo pueblecito. Les resultaba difícil de creer que ahora aquellos chicos fueran dueños de semejante capital.

Por donde quiera que iban, los muchachos eran agasajados, y todo el mundo deseaba oírles contar una y otra vez sus aventuras y cómo habían podido llegar a conseguir el dinero.

La viuda Douglas colocó el dinero de Huck al seis por ciento, y otro tanto hizo el juez Thatcher con el de Tom, a petición de tía Polly. Ahora cada uno de ellos recibiría un dólar diario, durante todo el año. Más de lo que ganaba el pastor..., cuando le pagaban.

El juez se había formado un gran concepto de Tom. Decía que cualquier otro no habría tenido la presencia de ánimo de sacar a su hija de la cueva, por lo cual estaría agradecido eternamente. Y cuando Becky contó cómo Tom se había hecho cargo de la paliza que le correspondía a ella en la escuela, el juez dijo que sólo un caballero podía comportarse de aquella manera. Becky salió corriendo para contárselo a Tom.

—Y además ha dicho mi padre —le confió— que confía en que algún día llegarás a ser un gran abogado o un gran militar, y luego estudiarás en la mejor escuela de derecho.

Por su parte Huck, debido a su riqueza y a la protección de la viuda Douglas, fue introducido en la mejor sociedad del pueblo, y entonces sus padecimientos alcanzaron su cota más alta. Todas las noches dormía entre blancas sábanas, tenía que comer con cubiertos de plata y usar servilletas; tenía que estudiar un libro y acudir a la iglesia. Por último tenía que hablar con tal corrección que el lenguaje se volvía insípido en su boca.

La civilización le había amarrado bien con sus grilletes.

Durante tres semanas aguantó heroicamente, y un buen día desapareció.

La señora Douglas le hizo buscar por todas partes, y el público se interesó mucho en el asunto.

Se investigaron todos los lugares y se llegó a dragar el río... Y nada.

Tom no necesitó investigar tanto. El tercer día, muy temprano, fue a mirar entre los barriles viejos, detrás del antiguo matadero, y en uno de ellos descubrió al fugitivo.

Huck había dormido allí, y acababa de desayunarse con diversas cosas que había robado. Ahora fumaba tranquilamente su pipa.

Tom lo sacó de allí.

—Escucha —le dijo—. No sabes las preocupaciones que estás causando a todo el mundo con tu desaparición. Debes volver.

—No.

—Escucha, Huck; no puedes hacer eso con personas que se han portado tan bien contigo.

—No.

—Pero, ¿por qué?

—No me hables de eso, Tom. No puedo volver.

—Dime por qué, al menos.

—Esa vida no es para mí, Tom. Ya la he probado, pero no puedo soportarla.

—Pero dime por qué, Huck.

—La señora, la viuda es muy buena conmigo, pero no puedo aguantarla. Me hace levantar todos los días a la misma hora, me hace lavar y luego me peina y cepilla hasta sacarme lustre.

—Bueno, eso nos ocurre a todos, cuando pueden pescarnos.

—Sí, pero ya estáis acostumbrados. No me dejan dormir en la leñera, y tengo que llevar siempre esta ropa que me estrangula.

—Lo comprendo, pero seguramente que con un poco de paciencia llegarás a acostumbrarte.

—No me acostumbraré nunca —replicó Huck amargamente—. ¡No resisto los sermones! No puedo mascar tabaco ni agarrar moscas y todos los días de la semana tengo que llevar zapatos.

—Sí, no es muy agradable, lo sé.

—Como a toque de campana, y a toque de campana tengo que acostarme y levantarme. Todo en esa casa se hace con tanto orden que nadie podría resistirlo.

—Pues todo el mundo vive así, Huck.

—Eso me tiene sin cuidado. Yo no soy todo el mundo.

—Ahora, sí.

—No. ¡No quiero! Es horrible no tener libertad. Y la comida, cuando te viene con tanta facilidad, ya no te sabe a nada. He perdido el apetito. ¿Tú sabes lo que es tener que pedir permiso para ir a bañarse al río y para ir a pescar?

—¡Vaya si lo sé!

—Además, tengo que hablar con tanta finura que se me quitan las ganas de hablar. ¿Sabes lo que hago? Todos los días subo al desván durante un rato para jurar y decir palabrotas, porque así se me quita un poco el mal sabor de boca.

Tom lo contemplaba con lástima. Vaya si comprendía a su amigo.

—La viuda no me deja fumar —siguió Huck—. Y no puedo quedarme con la boca abierta, ni estirarme, ni rascarme aunque me pique todo el cuerpo... Aunque ya no me pica como cuando dormía en cualquier parte, eso hay que reconocerlo. Pero, ¡narices, si uno tiene ganas de rascarse debería poder hacerlo aunque no le picara!

Ya casi no dejaba hablar a Tom. Todo se lo decía él.

—Y luego, ¡maldita sea mi suerte! ¡Tengo que rezar todo el tiempo! ¿A que no tienes tú que rezar todo el tiempo? ¿Eh? ¿A que no?

—No, eso no, es cierto.

—¡Pues yo sí!

—Escucha, Huck...

—Escucha tú, Tom Sawyer. Tenía que escaparme, no tenía otro remedio. Y además, me han amenazado con que ya tengo que ir a la escuela, y eso no lo puedo tolerar.

—Ya verás cómo no es tan mala como parece. Hay amigos... y de vez en cuando se recibe alguna paliza, Huck, pero eso pasa pronto. Además ahora eres rico.

—Mira, Tom, ser rico no es lo que se dice por ahí. No es más que reventarse y reventarse todos los días y sudar. En cambio, con esta ropa...

—Cuando te vea la viuda con esa ropa se muere del disgusto, seguro.

—... en cambio, con esta ropa me siento cómodo y esta barrica me gusta y no pienso dejarla. No me vería como me veo si no fuera por hacer un favor a la gente y ser rico. Si hubiera llegado a saber que me iba a ocurrir esto, a buenas horas había ido a avisar de que querían matar a la viuda.

Y añadió de pronto.

—¿Sabes lo que te digo? Que te lleves mi parte del dinero.

—Pero, ¿qué estás diciendo?

—Que te lleves mi parte y que de vez en cuando me des diez centavos, pero no con mucha frecuencia, porque entonces se acostumbra uno a vivir bien.

—Huck, bien sabes que no puedo hacer eso.

—¿Por qué?

—Porque no está bien y además no me dejarían los mayores. Pero, vamos hombre, si aguantas un poco llegará a gustarte esa vida. Al menos —añadió prudentemente—, así lo creo.

—¡Gustarme! ¡Sí, como te gustaría a ti un brasero si tuvieras que estar todo el santo día sentado encima de él! Tom, no quiero ser rico.

—Pues no veo cómo vas a evitarlo.

—Y no quiero vivir en esas malditas casas donde se ahoga uno. A mí me gustan los árboles, el río y las barricas. ¡Maldita sea! ¡Ahora que podíamos haber tenido hasta las escopetas que el indio Joe tenía en la cueva, y podríamos ser bandidos como pensábamos, me ocurre todo esto por ser rico! ¡No puedo soportarlo, Tom!

Tom lo pensó unos instantes.

—Mira, Huck —dijo—. ¿Sabes una cosa? Pues que yo, aunque sea rico, no por eso dejaré de ser bandido.

—¿Lo dices en serio, Tom?

—Tan en serio como que estoy aquí, hablando contigo. Pero, mira, Huck, no podríamos admitirte en la pandilla si no vives como una persona decente.

A Huck se le aguó la alegría.

—¿Qué no me podéis admitir? ¿No dejaste que fuera pirata?

—Sí, pero esto no es igual. Un bandido es una persona de más categoría que un pirata. En muchos países, los bandidos son gente de la más alta nobleza.

—Tom, tú siempre fuiste amigo mío. No me abandonarás ahora, ¿verdad? No puedes hacerme eso a mí.

—Huck, quisiera hacerlo, pero no puedo.

—¿Por qué, Tom?

—¿Qué diría la gente, Huck? Dirían: ¿La cuadrilla de Tom Sawyer? Hay en ella uno que la deshonra, que tiene malos antecedentes. Y eso lo dirían por ti, Huck. Ya ves, deshonrarías a la cuadrilla y eso, los demás no podrían admitirlo.

El muchacho permaneció un rato en silencio. Se veía con claridad que en su mente se estaba librando una cruel batalla.

Por último dijo:

—¿Lo dices en serio, Tom? ¿Completamente en serio?

—Pues claro que lo digo en serio.

—¿Os consideraríais deshonrados si hubiera en la cuadrilla una persona como yo?

—Sí. En la cuadrilla de bandidos todos deberían ser caballeros. Y no lo parecerías si no haces lo que te piden ahora que hagas y que es lo que hacemos todos al fin y al cabo.

—Y siendo bandidos... ¿qué haríais?

—Pues... lo que hacen siempre los bandidos. Roban a los ricos y lo dan a los pobres, como Robin Hood, y secuestran a las personas para pedir rescate por ellas.

—Para pedir, ¿qué?

—Rescate. Eso significa que si no te dan dinero, pues matas a tu rehén, y como la gente lo sabe, siempre te dan el dinero que pides por el rescate.

—Sí que suena bien.

—Ya lo creo. Y matas a todos aquellos a los que debes matar, que no siempre es a todos, claro, sino sólo aquellos que lo merecen.

A Huck se le abrían los ojos como platos.

—Ya me gustaría.

—Pues...

—Bueno... Tom, volveré a casa de la viuda.

—Así se habla.

—Pero solamente por un mes.

—¿Cómo se entiende eso? Huck.

—Pues que estaré un mes allí, y haré una nueva prueba, a ver si puedo aguantarla, siempre que tú me permitas ingresar en la banda.

—¡Trato hecho, Huck!

—Muy bien, Tom. Pero la viuda debería aflojar en algunas cosas.

—¿Qué cosas?

—Pues dejarme fumar de vez en cuando, y jurar también de vez en cuando, aunque tenga que hacerlo a escondidas, porque de lo contrario reventaré.

Y añadió:

—¿Cuándo estará formada la banda, Tom?

—Muy pronto. Reuniremos a todos los chicos y esta misma noche celebraremos la iniciación.

—¿Qué dices que celebraremos?

—La iniciación.

—¿Y eso qué es?

—Es lo que se hace siempre: Verás, debemos jurar que nos defenderemos unos a otros y no comunicar a nadie los secretos de la banda, aunque a uno lo maten.

—¿Nada más?

—Y jurar que mataremos a cualquiera y a toda su familia, si hace daño a alguno de la banda.

—Eso me gusta. Si alguien hace daño a uno de la banda, se le mata a él y a toda su familia. Suena bien.

—Ya lo creo. Y esos juramentos deben ser hechos a medianoche...

—Oye, no empecemos otra vez.

—No hay más remedio. Tiene que ser a medianoche y en el lugar más solitario que podamos encontrar. Una casa embrujada sería el lugar más adecuado.

—Tom, ya he tenido bastante de casas embrujadas. Con el miedo que pasamos tú y yo en aquélla, cuando Joe *el Indio*, disfrazado de español, y el otro tipo por poco nos pescan.

—Bueno, de todas maneras, mientras buscaban a Joe *el Indio* han destruido todas las casas abandonadas, de manera que con que lo hagamos a medianoche y en un lugar solitario yo creo que habrá bastante.

—Bueno, como quieras, eso me alegra más. Caray con las casas abandonadas, aunque luego en ellas se descubra algún tesoro, como nos ocurrió a nosotros.

—Falta algo. Se debe jurar sobre un cajón de muerto, un ataúd, y firmarlo con sangre.

—También firmamos con sangre que no diríamos nada a nadie de que Joe *el Indio* había matado al doctor Robinson, y luego tú fuiste y le contaste todo al abogado de Potter.

—Eso era distinto, Huck —respondió Tom altaneramente—. Había que hacerlo para salvar a un inocente, como hacen los bandidos, que nunca permiten que pague un inocente.

—Sí, bueno, puede que tengas razón, palabras no te faltan. Oye, y el ser bandido será mejor que ser pirata, ¿no?

—Lo será. Pirata lo puede ser cualquiera, pero bandido, no. Hay que tener condiciones especiales, Huck.

—De acuerdo, Tom. Está bien, aunque me pudra, por ahora no me separaré de la viuda. Y si consigo llegar a ser un buen bandido, y todo el mundo habla de mí, creo que ella llegaría a sentirse orgullosa de haber sido la que me recogió en la calle.

Y tras una pausa...

—Bueno, aunque debo reconocer que en la calle se está mucho mejor, pero si para llegar a ser bandido hay que saber comer con cuchara y tenedor, y lavarse todos los días... tendré que acostumbrarme.

—Así se habla, Huck.

Con lo cual, ambos emprendieron el camino de regreso a casa de la viuda.

* * *

Con ello concluye este relato. Siendo la historia de un chico, no podríamos ir más lejos sin transformarla en la historia de un hombre.

Aunque quizá valga la pena reanudar la historia alguna vez y ver en qué clase de hombres y mujeres se convirtieron. Por consiguiente, no revelaremos por ahora nada más.

FIN

ÍNDICE